책이 질문하고
삶이 대답하다

책이 질문하고
삶이 대답하다

초판 1쇄 인쇄 _ 2020년 2월 10일
초판 1쇄 인쇄 _ 2020년 2월 20일

지은이 _ 심현아

펴낸곳 _ 바이북스
펴낸이 _ 윤옥초
책임 편집 _ 김태윤
책임 디자인 _ 이민영

ISBN _ 979-11-5877-151-5 03800

등록 _ 2005. 7. 12 | 제 313-2005-000148호

서울시 영등포구 선유로49길 23 아이에스비즈타워2차 1005호
편집 02)333-0812 | **마케팅** 02)333-9918 | **팩스** 02)333-9960
이메일 postmaster@bybooks.co.kr
홈페이지 www.bybooks.co.kr

책값은 뒤표지에 있습니다.
책으로 아름다운 세상을 만듭니다. — 바이북스

책을 통해 나를 찾는 시간들

책이 질문하고
삶이 대답하다

심현아 지음

바이북스
ByBooks

들어가는 글

73, 20521, 60

각각의 숫자가 의미하는 바가 무엇일까?

2009년, 아무도 없는 사무실에 두 시간 먼저 출근해서 확보한 시간을 활용해 독서 습관을 만들기 시작했고, 읽은 책을 항상 기록으로 남겼다. 2009년 한 해 동안 읽은 책 73권, 페이지수를 모두 합하면 20,521쪽, 하루 평균 60페이지. 기록으로 남기지 않았다면 기억에서 사라졌을 숫자들이다.

모든 직장인이 나처럼 사는 줄 알았는데, 그렇지 않다는 것을 깨달았을 때도 책에서 이유를 찾았다. 타인과 나의 차이점을 알기 위해서였다. 다른 사람을 이해하는 데에 책만큼 좋은 도구가 있을까. 자기계발서에 대한 오해 중 하나는 '책을 읽는다고 해서 변하는 것도 없던데?'이다. 당연히 책을 읽는다고 해서 사람이 머리부터 발끝까지 기적처럼 바뀌지 않는다. 행동도 상황도 그대로인데 바뀔 리는 만무하다. 책 한 권을 읽는다고 해서 변화하지도 않는다. 하는 방법을 몰라서가 아니다. 단지 '하지 않아서'이다. 어제와 같은 오늘, 오늘과 같은 내일이 될 수 있는 일상 속에서 꾸준히 스스로를 채찍질하는 요소가 들어 있는 자기계발서를 읽고 행동으로 옮겨야 한다. 내 주변 사람이 바뀌기를 기대하기보다, 또한 직장의 시스템이 바뀌기를 하염없이 기다리기보다는 책을 읽고 자신을 객관적으로 바라보는 것이 중요하다.

한때는 책을 아무리 읽어도 변화하지 않는 상황이나 환경을 탓한 적이 있었다. 그 와중에도 책을 손에서 놓지 않았다. 그때 선택한 책은 에세이였다. 내가 느끼고 있는 감정들을 책으로부터 공감, 위로 받았다. '나만 우울한 감정을 느끼는 것은 아니구나'라며 내 몸에 묻은 먼지를 털어낼 수 있었다.

"인생은 한 권의 책과 같다. 어리석은 이는 그것을 마구 넘겨버리지만, 현명한 이는 열심히 읽는다. 인생은 단 한 번만 읽을 수 있다는 것을 알기 때문이다."라는 장 파울의 독서 명언이 있다.

독서는 생활이다. 독서를 매일 해야 되는 습관으로 만들어야 한다. 물론 목적이 없는 독서는 의미가 없다. 책의 방대한 내용 중에서 딱 하나라도 내 삶에 적용할 것을 찾아내고 의식적으로 행동하는 것이 중요하다. 매일 빠지지 않고 독서를 한다면 습관이 되고, 하루에 한 장이라도 읽지 않으면 '찝찝한' 기분을 느낄 정도로 생활로 만드는 것이 중요하다.

모든 성장의 원동력은 '결핍'이다. 결핍을 해결하고자 하는 간절함을 채울 수 있는 것은 결국 독서뿐이다. 한 권의 책을 읽고 드라마틱한 경험을 하는 사람도 있고, 그렇지 못한 사람도 있다. 또한, 어떤 책은 결핍을 충족시켜줄 수도 있지만 성공자의 삶과 자신의 삶을 비교하면서 오히려 자존감을 떨어뜨릴 수도 있다. 그런 책을 만나면, 더 이상 읽지 않고 내려놓아도 된다.

책을 마무리하던 2019년 3월. 컴퓨터 파일로 정리해놓았던 독서 목록이 말 그대로 '날아가버렸다'. 파일이 손상되어 복구조차 어려운 상태가 되어버렸다. 파일명은 있지만 다시는 확인할 수 없는 독서 목록이 된 것이다. 사람은 오히려 큰일에 대해서는 담담해지는 것일까. 속상해 한다고 해서 바뀌는 것이 없었기 때문에 '어쩔 수 없지'라며 미련을 버렸다. 책의 소재는 서재에 있는 책으로 했기 때문에 책을 쓰는 데에 영향을 주지는 않았다. 앞으로 만날 책에 대한 기대도 있었다. 어차피 비워야 채울 수 있다. 앞으로 '나는 이만큼 읽었으니 독서 전문가야!'라는 생각보다는 책을 통해 나의 부족함을 알고 사고의 질을 향상시키고자 한다.

신랑과 여덟 살 아들, 네 살 딸, 엄마는 저녁식사 자리를 정돈하고 책을 읽는다. 또한, 여행을 가서도 책 한 권을 꼭 들고 다닌다. 그런 엄마와 아내지만 정작 가족들은 자신이 좋아하는 것들을 하느라 대부분의 시간을 보낸다. 가까운 사람조차 독서를 하는 삶을 이끌어주지 못하고 있지만 《책이 질문하고 삶이 대답하다》는 '나도 이제 책을 읽어볼까?'라는 독서에 대한 동기부여가 되는 책이 되었으면 좋겠다. 독서가 단순히 글을 읽는 행위가 아니라 사색하고 자기만의 경험과 연결함으로써 인생이 풍요로워지는 경험을 나누고 싶다. 책을 통한 삶의 풍요로움은 결국 책에서 나만 대답할 수 있는 '질문'을 찾는 과정에서 얻을 수 있다. 같은 책을 읽더라도 밑줄 긋는 문단이 다르고 호불호가 갈리는 것처럼 인구수만큼 책에 대한 감상도 다양하게 나온다. 이 책은 순서대로 읽지 않아도 된다. 같은 책을 읽은 경험을 토대로 저자의 질문에 자신만의 답을 해도 되고, 새로운 책을 탐색하는 기분으로 읽으면 더더욱 좋다. 모쪼록, 책이 묻고 나의 삶이 대답하는 경험으로 독서의 흥미를 느끼고 이 책이 그 질문의 답이 되길 바란다.

차례

chapter 1

나를 찾는 시간들

인생에 대한 사색

질문을 던져준 책 김수현《나는 나로 살기로 했다》
그 속에서 만난 질문 지나가는 사람들로 인해 상처받은 경험이
나의 전부인가?

베개 밑에서 핸드폰 진동이 울린다. 핸드폰을 확인해보니 오전 7
시. 옆을 보니, 둘째는 아직 꿈나라이다. 일어날까 하다가 핸드폰을 든
다. SNS에 로그인해 하룻밤 사이에 올라온 블로그 글을 확인했다.

'오늘은 강의 세 건. 내가 선택한 길이기 때문에 후회는 없다.'
'1:1 코칭을 위해 고객을 기다리고 있다. 내가 도와줄 수 있는 분이
있어서 뿌듯하다.'

블로그 이웃 숫자가 많아지면 많아질수록 한 번에 확인하는 시간
이 길어진다. 하루를 얼마나 열심히 살았는지를 증명하는 사람들의
글. 프리랜서 강사로 활동한 지 일 년이 넘어간다. 활발하게 강의를
하는 강사들과 나 자신을 비교하게 된다. 그들에 비하면 불러주는 기

관도 많지 않고 집에 있는 시간이 더 긴 내 모습에 한숨이 절로 나온다. 블로그뿐만 아니다. SNS에는 강의 후기가 넘쳐난다. 타인의 여행사진, 물질적인 것들, 여유 등은 부럽지 않은데 꼭 강의 후기를 보면 스스로가 비참해진다. 질투의 끝이 비참이라니…… 애써 외면한다.

김수현 작가는 《나는 나로 살기로 했다》에서 "몇 장의 사진으로 요약된 그들의 삶보다 우리에겐, 우리의 삶이 더 소중하다. 부디 비참해지려 애쓰지 말자."라고 했다. 프리랜서 아나운서가 점점 늘어나고 있다. 지상파를 포함한 케이블, 종합편성채널 할 것 없이 프로그램이 많아지면서 실력뿐만 아니라 인지도가 있는 아나운서들에 관한 관심도 높아지고 있다. 집을 떠난 아나운서들이 제일 먼저 맞닥뜨린 어려움이 무엇이었을까? 아마도, 모든 사람이 알 만한 방송국 소속이라는 자신의 존재 가치를 벗어던져야 한다는 사실 아니었을까? 한평생 또는 반평생 몸담았던 조직에서 정년퇴직하는 사람들이 상실감을 느끼는 부분이 새로운 사람을 만났을 때 내밀 명함이 없다는 것이다. 성명, 주소, 그리고 직업이 적혀 있는 작은 종잇조각인 명함. 명함이 그 사람의 전부를 나타내준다. 우리는 소속감이 없으면 불안해진다.

십 년 가까이 다니던 직장에 퇴사 의사를 밝히고 프리랜서 일을 시작한다고 이야기하면 누군가는 이렇게 이야기했다.

"강의도 기관에 있어야지 의뢰가 오는 거야, 기관을 믿고 거기서 일하고 있는 너를 부르는 거지, 조직 안에 있지 않으면 강사에 대한 신뢰가 떨어진다고 할까?"

처음 이 이야기를 들었을 때는 '말도 안 돼'라고 생각했다. 조직은 조직이고, 사람은 사람이다. 어떻게 조직 밖으로 나왔다고 해서 강사에 대한 신뢰도가 떨어질 수 있을까. 하지만, 실제로 교육을 의뢰하는 담당자들은 강사 자체보다는 강사가 속해 있는 조직에 대한 신뢰도를 먼저 이야기했다. 조직이 아닌 '심현아'만의 능력을 검증하고 보이면 된다고 생각했는데 아직도 세상은 개인보다는 조직이 가지고 있는 네이밍을 중요하게 생각했다.

4년 전, 첫째 아이가 3살 된 해였다. 어린이집은 집에서 도보로 5분이 소요되었다. 어린이집에서 회사까지는 또다시 5분이라는 시간이 소요된다. 오전 8시 30분에 첫째 아이를 등원시키는 길에 위치한 편의점을 들렀다. 어린이집 선생님 선물용으로 커피 열 개를 바구니에 담아 계산대로 향했다.

"누구 주려고 이렇게 커피를 많이 사요?"

"아이 어린이집 선생님들 드리려고요."

"아유! 이렇게 어린 이기를 어린이집에 보내요?"

익숙해졌다고 생각했는데 그렇지 않았다. 나의 표정이 굳었다는 것을 직감했다. 대꾸하지 않고 계산만 하고 돌아나와서 신랑에게 전화를 건다. 하소연할 때가 신랑밖에 없으니깐……. 사람들의 괜한 오지랖은 흔한 일이다. 동네 편의점 사장을 이해시키기 위해 노력할 필요는 없다. 왜 아이를 어린이집에 보내야 하는지, 아이가 얼마나 적응을 잘하는지를 구구절절 말하지 않아도 된다.

그해 여름은 전주로 여름휴가를 다녀왔다. 아이를 낳은 후에 가장 멀리 간 여행이었다. 전주한옥마을 한가운데에는 물이 흐르고 있었다. 태어난 지, 만 두 돌이 되었고 아직 기저귀를 하고 있던 첫째는 흐르는 물에 몸을 담갔다. 아이의 눈에 그곳은 수영장이었다. 첫째 아이지만 아이를 키움에 있어서 가지고 있던 원칙이 '너무 스트레스 받지 말자'이었기 때문에 그냥 놔두었다. 아이는 기저귀가 흠뻑 젖을 때까지 물길을 휘젓고 다녔다. 지나가던 할머니께서 한마디 했다.

"물이 지저분한데 아이가 놀게 하면 어떡해요? 아이 엄마라는 사람이 생각이 없네!"

아이 엄마를 죄인으로 만들기 참 쉬운 사회이다. 속으로만 생각해도 될 텐데 굳이 저렇게 말로 내뱉어야 하는지……. 그냥 가만히 있지 못하고 나도 한마디 한다.

"내 아이니깐 알아서 할게요."

김수현 작가는 《나는 나로 살기로 했다》에서 줄어드는 연봉과 또라이 상사를 견디는 일 사이에서, 해보고 싶은 일을 포기하는 것과 고정적인 월급이 없는 생활에서 어떤 것을 더 견딜 수 없는지, 어디까지 할 수 있는지에 대해 스스로 대답하라고 이야기했다. '기회비용'이라 한다. 선택으로 인해 포기된 기회들 가운데 가장 큰 가치를 갖는 기회 자체 또는 그러한 기회가 얻는 가치를 말한다. 인생은 BBirth, 탄생와 DDeath, 죽음 사이의 CChoice, 선택라는 한 철학자의 말이 있다. 다양한 기회에서 선택하는 것은 인간의 몫이다. 그 기회 모두를 선택할 수는 없다. 시간, 돈, 능력 등 주어진 자원은 제한적이기 때문에 하나의 기회를 선택하는 것은 곧 나머지 기회에 포기를 의미한다. 초등학교 때 배웠던 논리다. 경제나 돈에서 벗어나 인간은 평생 기회비용을 생각하며 모든 결정을 내린다. 결정을 내려야 할 상황이 생길 때마다 '기회비용' 개념을 염두에 둔다. 선택하는 자원이 포기하는 자원에 비해 가치가 충분히 있어야 한다.

퇴사 1년, 강의로 벌어들인 수입을 정리해보니 700만 원이 되었다. 매월 들어오던 수입이 없어졌고 카드값, 보험료, 공과금 등 정기적으로 나가던 돈을 처리하기 바빴다. 월마다 들어오는 돈이 동일하면 지출 계획을 세우기 어렵지 않겠지만, 정기적인 수입이 없다 보니 신랑의 수입에 전적으로 의존할 수밖에 없었다. 프리랜서이냐, 조직에서 일하느냐를 결정할 때 고민이 되었던 부분이었다. 고정적인 월급을 받는 조직에 있다 보면 '하고 싶은 일'보다 '하기 싫은 일'을 해야 할 때가 많다. 출근하면 다이어리를 펼치고 '해야 할 일' 목록을 적는다. 퇴근할 때 목록을 확인해보면 목록에 적은 일보다는 그날 갑자기 생긴 업무를 처리한 것이 더 많다. 하는 일에 20%는 예상치 못한 업무였다. 업무 중에는 '이걸 내가 왜 해야 하는 거지?'라는 생각이 드는 것도 있었다. 처음에는 업무를 할 기회가 있음에 만족해했고, 그러한 일을 통해 성장할 수 있다고 생각했다. 한번 "네! 제가 하겠습니다."라고 외쳤던 업무는 습관처럼 나에게 왔고, 결국에는 과부하가 걸렸다. 처음부터 잘못 꿰어진 단추였다.

최근 동네 책방, 동네 서점, 그리고 온라인 서점 베스트셀러 순위권을 차지하고 있는 책 분야는 에세이다. 나의 감정을 위로받고 공감하는 문장을 찾는 사람들이 늘어나고 있다. 나 역시도 타인과 나를 비교하거나 타인의 성공에 질투할 때마다 에세이를 찾았고 의존했다. 방법을 알려주거나 용기를 주지는 않았지만, 자존감이 바닥을 친 나의 등을 토닥여주었다. 내가 일어설 수 있는 방법은 두 가지였다. 나만 그런 것이 아니라는 공감을 얻거나 나와 같은 어려움을 느낀 사람이 그 어려움을 이겨낸 방법을 찾아냈다.

세상 사람들은 주위의 평판을 신경 쓰고 살아가고 있다. 아이는 부모의 표정과 말 한마디에 울고 웃으며, 청소년은 선생님과 또래 집단의 큰 영향을 받는다. 어른이 되면 좋아질 것 같지만 그렇지 않다. 오히려 신경 써야 하는 범위가 넓어진다. 내가 어떠한 삶을 살든, 타인의 눈을 신경 쓰기보다는 나는 나 자신을 응원할 수 있었으면 한다.

나의 부족함마저 사랑할 수 있기를

질문을 던져준 책 한재원《괜찮은 척은 그만두겠습니다》

그 속에서 만난 질문 나는 열심히 살고 있는가? 아니면, 열심히 사는 것을 좋아할 뿐인가?

대학원 박사 수료, 국가 자격증 3개, 민간 자격증 15개, 교육 11건 수료, 공저 1권, 개인저서 1권 출간. 여기까지가 10년 동안 회사에 다니면서 한 '일'이다. 자기계발에 시간을 투자했으니, 회사 생활은 엉망이었을 것 같은가? 청소년 활동 국가인증 프로그램 10개 개발, 공모사업 평균 연 1건 선정, 청소년 기관평가 담당자로서 2회 기관 최우수 등의 성과를 내었다. 작가로서 활동하고, 학교를 다니느냐 수업무를 게으르게 하는 모습을 보이고 싶지 않았다.

대학교 생활을 하면서도 마찬가지였다. 신입생 시절은 '지금까지 놀지 못했던 것에 대한 보상'이라고 생각하고 학교 수업 결석이 취미였다. 공개하기 부끄럽지만, 대학교 1학년 1학기 평점은 2.87점이었다. 3점대도 넘지 못한 점수에 우편으로 날아 온 성적표를 먼저 발견하고 부모님 몰래 숨겼다. 2학년 2학기, 동아리 선배에 제안으로 총

동아리 연합회 활동을 시작했다. 2학기 말에는 한 학년 선배였던 언니와 함께 총동아리 연합회 회장, 부회장 선거를 준비했다. 선거에 출마한 이유는 단순했다. '전액 장학금'을 받을 수 있었기 때문이다. 매 학기 내는 등록금은 비싸고, 성적 장학금 받을 자신은 없었다. 첫 학기 성적이 2점대였으니 말이다. 학기마다 그리고 방학 때도 쉬지 않고 했던 아르바이트도 그만하고 싶었다. 등록금 걱정이 없어지자 부모님께서는 매달 용돈을 주셨다. 아르바이트로 용돈 벌이를 하지 않아도 되었다. 등록금과 용돈 걱정이 없어지자 다음은 성적이 마음에 걸렸다. 학과 공부 외 활동을 하느라 성적이 잘 나오지 않으면 교수님께도, 부모님께도 죄송스러울 것 같아서 오히려 1, 2학년 때보다 공부를 열심히 했고, 3.5점으로 졸업할 수 있었다.

지혜 언니와의 만남은 언제나 갑작스럽다.

"내일 언니한테 갈까요?" 메시지에 "그럼 나야 좋지."라는 답변.

아이들을 어린이집 등원시키고 바로 출발했다. 먼저 도착한 카페. 볕 좋은 자리를 맡았다. 아이들 없이 카페에서 여유로운 차 한 잔의 시간. 이게 얼마 만인지……. 십 분 정도 기다리자, 언니가 문을 열고 들어왔다. 브런치 카페에서 언니가 먹어본 음식들 위주로 주문하고 이야기를 나누었다.

"언니, 내가 진짜 강의를 좋아하는지도 모르겠고 어떤 콘텐츠로 해야 할지도 모르겠어요. 이러다가 다시 청소년지도사로 돌아갈까 봐 겁도 나요."

봄부터 쓰기 시작한 책이 잘 써지지 않는 이유도 이야기했다.

"꿈을 다른 사람 앞에서 이야기하면 이루어진다는 말, 사실 저도 그 말에 대한 의심이 생겨요."

책의 내용과 그 책을 쓴 작가의 삶이 일치하지 않고 거짓말하는 느낌에 글쓰기는 하고 싶지 않았다. 이야기를 나누면서 나온 결론은 "놀자"였다.

기억 속 나는 마음 편히 놀아본 적이 없었다. 둘째를 낳고 백일도 되지 않은 시기에 강의를 시작했다. 기관에서 근무하고 있지 않았을 뿐이지 계속 일을 하고 있었다. 일하는 것도, 쉬는 것도, 육아하는 것도 아닌 애매한 나날들이었다. 시간적 여유가 생기면 몸을 가만히 두질 않았다.

뭘 하고 놀아야 할지 몰라 목록을 작성해야겠다고 하니깐 언니가 그것도 하지 말라고 했다. 그것마저 일이 된다는 말에 동감했다. 드라마 정주행하기, 만화 카페 가서 만화 보기, 손 글씨 배우기, 업무나 강의와 관련된 책을 제외한 좋아하는 책 읽기 등 하고 싶은 일이 많아졌다. 언니와의 만남을 끝내고 돌아오는 길에 바로 피아노 개인지도를 알아보았다.

아무것도 하지 않아도 괜찮은데 무엇이든 해야 할 것 같은 마음이 있다. 이러한 의무감은 어디서부터 온 것일까? 어느 누구 하나 잔소리하지 않지만 나 자신에게 항상 숙제를 제출하는 나날들이었다. 놀다 보면 내가 즐기고 행복해하는 일이 새롭게 생길까? 이렇게 또 노는 것에도 의미를 두려고 한다.

연말을 맞이해서 강사들의 역량 개발을 위한 자리가 마련되었다. 평소에 관심 있는 분야를 선정해 외부 강사를 섭외했고, 그 중에는 책을 활용한 상담 과정이 있었다. 참여 전에는 기대에 부풀어 있었다. 나를 포함한 총 6명의 수강생이 참여했다. 독서심리 과정을 강의하는 분이 첫날 소개해준 책은 앤서니 브라운의 《돼지책》이었다. 엄마라면, 아내라면, 공감하고 책 주인공인 엄마에게 본인을 동일시하며 함께 울고 웃고 하는 책이었다. 평소에 목적이 있는 교육을 선호하는 나는 수강생으로 흠뻑 빠지지 못하고 다른 생각을 하느라 바빴다. 외부 강사는 책을 읽고 나서 참가자들에게 소감을 물었다.

"엄마가 불쌍해요."

"우리 집도 똑같아요."

책 내용에 녹아든 듯한 참가자들의 소감이 이어졌다.

"저는 읽는 내내, 이 책을 어떻게 교육과정으로 만들 수 있는지 고민해서 책의 집중할 수 없었습니다."라며 솔직한 마음을 이야기했다. 처음 만난 참가자들과 라포 형성이 전혀 되어 있지 않았다. 강사 그리고 내 옆에 앉은 사람과 나는 가까운 사이도 아닌데 속마음을 이야기할 필요가 없다고 생각했다. 나의 이야기에 강사는 표정이 굳었고 그녀는 강의가 진행되는 동안 발언권을 주지 않았다. 직감적으로 강사가 나를 적대하기 시작했다고 느껴지자 이후에는 강의에 집중하지 못했다. 총 5번의 강의였다. 2회 차가 진행되는 날, 버스를 타고 교육 장소로 향했다. 교육 장소 건물을 보자 심박수가 빨라졌다. 문을 열고 들어가기까지 고민을 했다. 교육비를 입금했기 때문에 중간에 포기할 수는 없었다. 강의 종료 후, 교육담당자에게 면담을 요청했다.

"선생님, 이 강의와 강사가 너무 불편해요."

"불편한 게 현아 선생님 얼굴에 보였어요."

"강의 그만 들어도 될까요?"

"선생님들을 위해 기획한 건데, 불편하다고 하면 굳이 끝까지 들을 필요는 없죠. 다른 강의를 기획해볼 테니깐 그만해요."

한재원 작가는 《괜찮은 척은 그만두겠습니다》에서 '무언가를 사랑함과 동시에 증오했던 모순된 감정을 가진 나를, 그 감정에 괴로워하는 나를 결코 부정할 수 없다는 걸, 그것 또한 나일 뿐이다'라고 이야기했다. 마음을 꺼내고 타인의 상처를 보듬어주는 일을 나의 소명이라고 생각하지만 반대로 누군가가 나의 감성적인 부분을 건드리려고 하면 무의식적으로 방어를 하게 된다.

사람들은 너무도 쉽게 타인에게 변했다고 이야기한다. 매일 매시간을 함께하는 사이도 아닌데 잠깐 본 모습으로 사람의 모든 것을 아는 것처럼 이야기한다. 지난겨울, 개인 브랜딩 수업에 참여했다. 나를 포함한 6명의 동기가 함께했고, 내가 생각하는 이미지와 남이 보는 나의 이미지를 첫 시간에 점검했다. 이미지 체크는 서로를 만난 지 한 시간 정도밖에 되지 않은 상태였기 때문에 첫인상이나 마찬가지였다. 우리가 나눈 대화라고는 자기소개뿐이었다. 그날 나온 나의 첫인상은 '차분한', '책임감 있는', '소신 있는', '예의 바른', '지적인', '세심한', '똑 부러진'이었다. 집으로 돌아와 나를 일 년 이상 알고 있는 지인들에게도 똑같은 이미지 체크리스트를 부탁했다. 사적인 관계, 회사 동료, 가족 등 다양한 관계로 만난 사이였다. '믿음직스러운', '행동 지향적', '활동적인', '도전적인'이 나의 이미지였다. 나는 평소에 '덜렁 심 여사'라는 별명을 직장 상사가 지어줄 정도로 조심성 없고 덜렁거리기 때문에 잘 아는 사람은 나를 세심하거나 차분하다고 이야기하지 않는다. 첫인상과 가까운 지인들이 본 나의 모습 중에서 단 한가지의 모습이 나만의 고유명사는 아니다. 그리스 어원의 가면을 나타내는 말인 '페르소나'는 외적 인격 또는 가면을 쓴 인격을 뜻한다. 집단 사회의 행동 규범과 역할을 수행하는 가면인 페르소나는 외부 세계의 자극을 받으며 만들어지는 인격이기 때문에 타인에 의해 얼마든지 바뀔 수 있지만 가끔은 그 틀에 맞춰가려고 애쓰는 삶을 사는 것 같다.

'나는 실수하지 않고 책임감 있어야 해.'

'나는 남 앞에 나서기 좋아하고 내 의견 내세우는 걸 좋아해야 해.'

사실 나는 처음 본 사람 앞에서는 말이 없는 편이다. 나의 이야기를 풀어내기 위해서는 꽤 오랜 시간이 필요하다. 분위기를 보고, 사람 한 명 한 명 이야기를 최대한 듣고 나와 가치관이 비슷하거나 관심사가 비슷하다고 느껴질 때, 그때가 내가 사람들 앞에서 행동 지향적이며 활동적인 모습을 보일 때이다.

삼십 대 중반. 삼십이 넘어서도 나아가야 할 길이 어딘지 몰라 고민하고, 진로 고민을 하게 될 것이라고는 이십 대의 심현아는 상상조차 하지 못했다. 불안하고, 혼란스럽고, 방황하고 있다. 남들의 속도에 맞춰가기 위해 아등바등한다. 나의 속도와 방향에 맞춰도 된다는 것을 머리로는 알지만 내 속도가 몇 km인지를 몰라서 답답해한다. 타인이 만들어준 기준에 맞추려고 하기 때문이다. 나의 기준이 무엇인지는 잘 모르겠지만, 최소한 타인과의 비교는 그만두기로 했다.

자기 자신을 믿는다는 것. 생각보다 어려운 일이다. 타인을 믿는 것보다 훨씬 많이. 새로운 사람을 만날 때마다 상대를 평가하기보다는 '나는 어떤 사람이지'라는 질문으로 초점을 자기 자신에게 맞출 필요가 있다. 내가 사람들에게 사랑과 관심을 받아도 되는 존재인지, 그럴만한 가치가 있는 사람인지 의심하고 또 의심한다. 어렵지만 노력해야 하는 한 가지. 스스로를 인정하고 사랑하는 일이다.

조금 다르게 보는 시선

질문을 던져준 책 우경임·이경주 《성장에 익숙한 삶과 결별하라》
그 속에서 만난 질문 내일의 나를 위해 오늘의 내가 희생하고 있는 건
아닐까?

2017년, MBC 무한도전에서 멤버들이 각자 하고 싶은 일을 기획해 진행했다. 유재석이 기획한 〈길거리 토크쇼 잠깐만〉은 길을 걷다 만나는 사람들과 이야기를 나누는 형식이었다. 20대 한 여성 직장인은 "어떻게 한 직장에서 오래 다닐 수 있냐"고 유재석에게 질문했다. 질문에 대한 답은 유재석이 하지 않았다. 옆에 있던 남성 은행원이 대답했다. 은행원은 "빚을 내면 된다."라고 했다. 유재석은 은행원에게 "빚이 있냐."고 질문했다. 은행원은 "마이너스 통장을 개설했다. 아무리 치사하고 더러워도 돈을 벌어야 한다."고 했다. 한 직장을 다니기 위해서는 빚을 져야 한다는 것은 극단적이지만 이 영상이 나간 후, 꽤 많은 사람들이 공감했다.

많은 사람들이 물질적인 것들을 얻기 위해 또는 미래를 위해 바쁘게 일하는 것을 당연하게 여긴다. '내 집', '내 차'를 구입하기 위해 또

는 구입하기 위해 빌린 돈을 갚기 위해 소중한 사람들과의 시간을 줄인다. 무슨 차를 타는지, 어느 집에서 사는지가 중요해졌고, 이를 증명하기 위해 살고 있다. 행복감이 절대적인 것이 아니라 상대적인 것으로 인식되어 남과 행복을 비교하며 우위를 결정하고 있다.

청소년 대상 진로 강연을 할 때마다, 강의를 듣는 청소년에게 묻는 질문이 하나 있다.

"훗날, 가정이 생겼을 때 오전 9시부터 오후 6시까지 8시까지 근무를 하고, 주 5일간 근무를 하되 월급 150만 원을 받는 1번 직업과, 야근이 잦고, 주말 근무도 자주 하되 1번 직업보다 50만 원을 더 주는 2번 직업 중에서 어떤 직업을 선택할 것인가요?"

중학생들은 성별에 상관없이 2번 직업을 선택하는 경우가 많다. 돈을 벌고, 추후에 아이들과의 시간을 보내면 된다고 대답한다. 미래의 행복을 위해 현재의 행복을 잠시 미루는 것은 어른이나, 청소년이나 마찬가지인 것 같다.

오랜만에 집에 온 여동생이 우리에게 첫째 아이 동영상을 보여줬다. 3년 전 동영상, 첫째가 세 살 된 해였다. 바나나가 먹고 싶다고 이야기하는 첫째에게 영상 속에 나는 바나나가 없다고 했다. 아이는 울음을 터뜨리면서 "바나나 줘."라고 이야기했다.

"아빠한테 '바나나 사 오세요'라고 이야기 해."

"아빠, 바나나 사 오세요."

말을 배운 지 얼마 되지 않아 혀 짧은 목소리로 이야기하는 아이가 예뻤다. 영상 속 아이의 얼굴은 낯설었다. 첫째는 태어날 때부터 지금의 키, 얼굴, 목소리였던 것처럼 아이의 2~3년 전 기억에서 없다. 첫째 아이의 3~5살이 뚝 떨어져 나간 것 같다.

아이가 있음에도 불구하고 워커홀릭으로 살았다. 아이가 세 살 되던 해인 2015년도에는 대학원 박사과정을 시작했다. 오전 8시 30분 출근하는 길에 영유아전담 어린이집에 아이를 맡기고, 오후 6시 30분에 신랑이 아이를 데리러가는 하루하루였다. 일주일에 3일, 학교 가는 날은 오후 6시에 서울행 버스에 올라탄다. 왕복 네 시간 걸리는 곳에 대학원이 있었다. 밤 열 시에 수업이 끝나고 이천으로 내려오면 밤 열두 시였다. 현관문을 열고 들어오면 신랑이 맞이해줬다. 아이는 방에서 자고 있다. 총 2년 반 동안 그렇게 생활했다.

신랑과 나는 청소년지도사 부부였다. 청소년지도사 직업 특성상 월요일이 휴일이고, 화요일부터 토요일까지 주 5일 근무를 했다. 어쩌다가 한번 월요일에 아이를 어린이집에 보내지 않고, 집에서 데리고 있으면 아이가 '월요일은 엄마가 집에서 쉬는 날'이라고 생각한다는 말에 매주 월요일에도 아이를 어린이집에 보냈다. 토요일에는 어린이집 보육이 없기 때문에 국가에서 하는 아이 돌보미 서비스를 활용했다. 일요일은 신랑과 내가 번갈아가면서 당직근무를 했다. 매월 첫째 주 일요일은 내가 당직, 둘째 주 일요일은 신랑 당직, 셋째 주 일요일은 또 신랑 당직. 그렇게 마지막 주가 되면 어디 나갈 엄두를 내지 못했다. 우경임·이경주 작가는 《성장에 익숙한 삶과 결별하라》에서 '내일을 위해 오늘의 나를 희생하지 않기'라고 했다. 아이는 생각보다 빨리 자란다.

　주변 사람들 중 누군가가 평소와 다른 비싸 보이는 옷이나 핸드폰을 새로 구입했을 때, 또는 값나가는 시계를 차고 오면 우리는 흔히 "오, 있어 보이는데."라고 이야기 한다. '있어 보이는 것도 능력'이라며 '있어빌리티'라는 표현이 생겼다. 있어 보이고, 멋져 보이는 일상의 사진을 올리는 사람들이 늘어났다. 맛있는 음식을 먹기 전, 음식을 앞에 두고 사진을 찍어 SNS에 올리는 것도 이와 같은 심리라고 볼 수 있다. 2017년 2월, JTBC 〈뉴스룸〉의 손석희 앵커는 아리랑TV 사장의 딸이 올렸던 사진에 대해 이야기하며 이 단어를 함께 소개했다. 방 전 사장은 출장길에 가족들을 동행했다. 100만 원이 넘는 식사를 하는 등 소위 호화 출장을 다녀왔다. 가족들만 알고 그냥 지나칠 수도 있었던 일을 방 전 사장의 딸이 사진을 찍어 SNS에 올려 사람들이 알게 되었다.

　나는 얼리어답터 즉, 남들보다 신제품을 빨리 구매해서 사용해야 직성이 풀린다. 이 글은 노트북이 있음에도 불구하고 얼마 전에 구입한 태블릿 PC로 쓰고 있다. 작년 말에는 디지털펜을 구입했다. 포스트잇에 펜으로 글을 쓰면 되는데, 디지털포스트잇 기계를 구입했다. 그렇게 구입한 기계만 꽤 된다. 여자들이 관심을 갖는다는 가방, 옷 등에 대한 관심은 없지만 '일'과 관련된 도구나 기계는 꼭 사서 사용한다. 말 그대로 제품이 필요하거나 가치 있어서가 아니라 나의 지위를 과시하기 위한 목적으로 물건을 구입하는 과시 소비가 나에게 있다.

첫째가 네 살이 되던 해, 처음으로 가족 캠핑을 계획했다. 장소는 집 근처 캠핑장이었다. 텐트를 비롯한 캠핑 장비를 구입했다. 식기 도구인 코펠을 구입하려고 했는데 생각보다 비쌌다. 친정에 있을 것 같았다. 어렸을 때 여름휴가로 캠핑을 자주 갔던 게 생각났다. 친정 집에 들러 코펠이 있냐고 물어보니, 꺼내준 코펠은 십 년도 더 된 코펠이었다. 여기저기 떨어져 있었다. 정확히 20년 전에 구입한 코펠이었다. 적은 돈으로 구입한 물건이 아니었기 때문에 엄마는 더욱 아꼈다. 사용하는 데에 전혀 문제는 없었다. 엄마는 낭비하지 않았다.

《성장에 익숙한 삶과 결별하라》에서 "직업에 대해 아무것도 모른 채 선택하는 것도 무모하지만, 지나치게 자세히 아는 것도 도전을 두려워하게 만드는 것 같다"라는 구절이 있다. 10월이면 지역 축제가 크게 열린다. 축제 첫날인 개천절에 방문하니, 축제장 입구까지만 평소에는 20분이면 들어갈 곳을 한 시간이 넘게 걸려 들어갔다. 청소년 기관에서 운영하고 있는 축제 부스를 방문했다. 그곳에는 십년 후배가 근무하고 있었다. 교수님들의 안부를 물은 후, 학과 후배들이 어떤 분야로 많이 진출하는지 질문했다.

"요새는 청소년 지도도 안 하고, 상담도 안 해요. 그래서 교수님들이 화가 많이 나셨어요."

"그럼 무슨 일 해요?"

"전공과 상관없는 직업을 선택해요."

"왜 그런 선택을 하는 거죠?"

"실습이나 봉사활동을 나갔다가 실망만 하고 온대요. 생각보다 여건도 좋지 않고, 급여도 많지 않으니깐……. 현실을 알고 오는 것이죠."

많은 정보를 알아서 나온 폐해이다. 단순히 청소년이 좋아서 일을 시작하는 전공자는 더 이상 없다. 많이 똑똑하고, 많이 알고 있는 대학생들이다.

자신의 진로 관련 행동과 직업적 경험에 의미를 부여하면서 스스로 자신의 진로를 구성해가는 '진로구성주의이론'이 진로와 관련된 최신 이론으로 관심을 받기 시작했다. 살아오면서 가장 존경했던 사람이 누구였는지와 좋아하는 책 그리고 영화에 대해 이야기하며 여러 가지 질문을 통해 자신의 생애 주제를 이끌어내고 자신의 진로이야기를 하는 과정에서 진로나 교육과 관련된 당면 과제를 선택하고 삶의 의미를 더하게 된다.

진로구성주의이론에서는 "preoccupation to occupation"이라는 말을 종종 한다. 번역하자면 집착 또는 사로잡힘이다. 말 그대로 '꽂히는 것'이다. 영화 속의 한 장면을 몇 사람에게 똑같이 보여주어도 어떤 사람은 가장 좋았던 장면을 이야기하지만, 어떤 사람은 배경음악을 기억하고 영화 감상을 이야기하는 사람이 있다. 이러한 사로잡힘은 진로뿐만 아니라 모든 경험에서 나타난다. 모든 사물들은 다양한 면을 가지고 있고 상황과 바라보는 관점에 따라서 아예 다른 성질을 띠게 된다. 선택의 순간에서 내가 무엇에 꽂혔었는지 되돌아본다면 앞으로 삶에도 도움이 될 것이다. 이 세상의 모든 일들, 옳고 그름은 없는 사로잡힘을 유연한 마음을 가지고 바라보게 되면 마음의 여유가 생긴다. 나의 기준에는 옳음이 진정한 옳음인지 다시 한 번 생각해보고, 내가 부정하는 것들도 좋은 점을 찾아보는 것은 노력이 필요하다. 세상을 조금 다르게 보며 작은 일탈을 오늘도 꿈꾼다.

꿈꾸는 인생

 질문을 던져준 책 　김수영 《멈추지 마, 다시 꿈부터 써봐》
　　　　　　　그 속에서 만난 질문 　나의 꿈은?

2019년, 올해가 두 달이 채 남지 않았다. 동네 문구점부터 온라인 서점까지 2020년 다이어리가 매대 위에 올라왔다. 다이어리 구입과 함께 연말 연초에 많이 하는 일이 '새해 목표 세우기' 또는 '신년 계획 세우기'이다. 작심삼일로 끝나는 경우가 많더라도, 매년 잊지 않고 기록을 통해 이루고자 하는 바를 정리한다.

책장 한쪽에는 2권의 얇은 노트가 꽂혀 있다. 이 노트는 일 년에 딱 두 번 열어본다. 노트 표지에는 '심현아의 드림노트', '황동주의 드림노트'라는 글씨가 적혀 있다. 맨 앞장을 열어보면 '2010년 내가 이룬 것들'이라고 적혀 있다. 2010년, 김수영 작가의 《멈추지 마, 다시 꿈부터 써봐》를 읽고 나서, 꿈을 종이 위에 쓰면 이루어지는 힘을 믿기 시작했다. 매년 12월 25일 크리스마스를 기준으로 드림 노트를 작성한다. 다음해에 꿈과 목표를 적기 전에 한 해를 돌아보며 업무적으로, 개인적으로 각 역할에 맞는 성과들을 기록한다. 눈에 보이는 성과일 수도 있고, 그렇지 않을 수도 있다. 다른 사람들이 보았을 때는 성과라고 할 수 없는 것들도 있다. 기준은 작성하는 나와 신랑이 만든다. 기록을 하고 나면, 서로에게 보여준다. 신랑은 나에게, 나는 신랑에게. 혹시 잊고 적지 않은 것들이 있으면 채워준다. 기록해놓고 나면 스스로를 칭찬한다.

'이룬 것 없이 그냥저냥 살았다고 생각했는데, 참 많은 것들을 해냈구나.'

이번에는 내년 꿈들을 작성한다. 목표가 아니다. 꿈을 적는다. 하고 싶은 일, 먹고 싶은 것, 가보고 싶은 곳, 노력해야 할 일 등을 적고 나면 다시 서로의 드림 노트를 교환한다. 평소에 입버릇처럼 이야기하던 꿈이 있는데 적지 않았을 수도 있기 때문이다. 드림 노트 사진을 찍는다. SNS에 공유한다. 꿈을 적는 일은 누구나 할 수 있지만, 부부가 함께하기 때문에 특별하다. 큰 아이가 초등학교에 들어가고, 글씨를 알고 나면 함께하고 싶다.

얼마 전, 10년 지기 친구 부부가 집에 놀러와 드림 노트를 보고 싶다고 이야기했다. 숨길 내용은 없었기 때문에 찾아서 보여줬다. 친구는 올해부터 신랑과 함께 드림 노트를 작성하고 싶다고 했다. 막상 작성하려고 하니깐 무엇을 작성해야 할지 모르겠다고 했다. 우리의 드림 노트를 보고, 작은 것이라도 적고 이루어졌으면 좋겠다.

김수영 작가는 《멈추지 마, 다시 꿈부터 써봐》에서 '난 적어도 나 자신을 알았다. 결국 가지 않은 길에 미련이 남아 현실에 만족하지 못하리라는 것'이라고 이야기했다.

"내가 꿈을 이루면 나는 누군가에게 꿈이 된다."

개인적, 사회적으로 의미 있는 일을 발견해 그것에 헌신하는 것을 지칭하는 소명은 직업과는 다른 의미에서 일을 해야 하는 이유를 제시해준다. 아마 나에게 소명은 청소년이든, 성인이든 꿈을 적고 눈에 보이는 것에 힘을 믿을 수 있도록 하고, 실천하도록 하는 것이지 않을까 싶다. 청소년 진로강연을 할 때마다 유명인들의 명언이나 관련 동영상을 보여줄 때보다, 청소년들이 호기심을 가지고 참여할 때는 강사 스스로가 사례가 되는 것이다. 스토리텔링을 통해 꿈을 이야기할 때 큰 에너지를 준다.

하루하루 선택을 해야 하는 상황에 놓일 때마다 기준은 딱 한가지이다.

'내가 한 선택으로 인해 후회하지 않는 쪽을 선택하는 것.'

이 기준으로 인해 혹시 생각했던 것보다 결과가 좋지 않거나 나쁜 결과가 생기더라도 '내가 선택한 것이니깐 후회하지 말자'라고 생각해버린다. 그런 내가 지금까지 한 선택 중에서 후회하는 것이 몇 가지 있다. 하나는 대학교 1학년 때 신나게 놀아서 학점을 2.87점을 받았던 것, 그리고 대학원 석사 과정을 마무리할 때 논문을 쓰지 않은 것이다. 대학교 신입생이었을 당시, 고등학교 때 제대로 공부하지도 않았으면서 지금까지 열심히 공부했으니깐 대학교에서는 대충 하고 싶었다. 딴짓을 즐겨하던 일 년이었다. 학과 공부 빼고는 열심히 했던 것 같다. 동아리 활동도 했고, 아르바이트도 했다. 억척같이 용돈이라도 벌어보겠다며 매일 저녁 일곱 시부터 새벽 두 시까지 아르바이트를 했다. 1교시 수업은 빼 먹기 일쑤였다. 남들 하는 건 다 해본다며 연애도 했다. 그렇게 받은 학점이 2.87점이었다. 성적표가 집배원을 통해 날아오던 시절이었다. 성적표 발송 문자를 받은 날부터 이제나저제나 집배원만 기다렸다. 부모님이 보시기 전에 우체통에서 빼서 숨겨야 했다. 공부를 멀리했던 1학년을 후회하게 만든 일은 그해 겨울방학에 발생했다. 입학할 때만 해도 없었던 교직과정이 생겼고, 2학년 올라가기 전 교직대상자를 선출해야 했기 때문에 학교에서 신청서를 받았다. 고민할 필요도 없었다. 신청서를 냈고, 2월에 면접을 보러 갔다. 교수님 세 분과 동기 네 명이 함께 면접 장소에서 이야기를 나눴다. 딱딱하지 않은 분위기에서 왜 교직을 신청했는지 등 간단한 질문만 오갔다. 면접을 끝내고 나오는 길에 동기들은 "현아만 이야기했어, 현아만 합격할 것 같은데?"라고 이야기했지만, 결과는 나만 제외하고 모두 합격이었다. 면접은 합격 여부에 영향을 주지 않았다. 교직, 말 그대로 학교 교사를 배출해내기 위한 과정이었기 때문에 기준은 성적이었다.

석사과정을 마무리할 때쯤 논문을 통과하거나 수업을 듣는 것 중 졸업기준을 선택할 수 있었다. 처음 선택은 논문을 쓰는 것이었다. 4학기를 다니던 중 임신을 하면서 어려운 과정은 피해야겠다는 생각에 학점 이수로 변경했다. 학업이 석사로 끝났다면 후회되는 일이 아니었을 것이다. 석사과정 이후에 더 이상 공부할 생각도 없었고, 배우고 싶은 과정도 없었기 때문에 그 이상의 학업을 할 생각이 없었다. 그러다 신랑을 통해 직업학과를 알게 되었고, 학과 커리큘럼을 확인해보니 평소 관심 있었던 진로심리와 인적자원개발 등 진로직업과 관련된 것들을 배울 수 있는 전공이었다. 학과의 존재를 알고 나서 응시했고 합격을 했다. 학기를 끝내고 졸업을 위한 논문 작성을 해야 되는데 석사 과정 때 논문을 쓴 경험이 없다는 것은 엄청난 마이너스였다. 논문제출 과정뿐만 아니라 어떻게 시작해야 되는지조차 모르겠는 것이다. 동기들에게 물어볼 용기도 없었다. 아니, 논문 작성 경험이 없다는 것을 다른 사람에게 이야기해야 하는 것만으로도 창피했다.

현재의 편안함과 안위를 위한 선택은 쉽다. 모든 결정을 할 때마다 '일 년 뒤, 오 년 뒤, 십 년 뒤 내가 오늘 한 선택으로 인해 후회 안 할 자신이 있는가?'라는 질문을 하는 습관이 중요하다.

성인이나 청소년이나 꿈을 대하는 공통점이 있다. 현재 공부하기도 바쁜데, 먹고 살기도 바쁜데 무슨 꿈을 꾸냐는 것이다. 꿈은 현재의 생활이 풍족스럽고 만족스러운 사람이나 이야기하는 것이라고 말한다. 《미루기 습관은 한권의 노트로 없앤다》의 저자 오히라 노부타카는 "미래에 앵커링해 행동을 이노베이션한다."라고 했다. '진실로 원하고 바라는' 미래를 그리고 어떻게 해서든 그런 미래에 도달하고 싶다고 생각하면 인간은 움직인다는 것이다.

현재 수아는 '나를 만나는 청소년들에게 뒤를 돌아보면, 항상 같은 자리에 있는 길을 잃었을 때 빛을 밝혀주는 등대 같은 사람이 될 거야'라는 소명으로 청소년지도사를 하고 있다. 수아는 10대 때 선생님이 되길 원했지만 어떤 선생님이 될지 구체적으로 생각하지는 않았다. 지금 생각해보면 10대 때는 단지 직업적으로만 꿈을 그렸던 시기였다고 한다. 첫 번째 꿈은 가족이 아팠을 때 병을 고치는 의사가 되고 싶었고, 후에는 그냥 단순히 배우는 것도 좋지만 배운 것을 가지고 다른 사람들은 가르쳐준다는 게 좋아서 선생님이 되고 싶었다. 수아는 초등학교 3학년 때 고향을 벗어나 이사를 왔는데 전교 왕따를 5학년 때까지 경험했다. 그때 수아의 아버지는 IMF로 실직상태였고, 어머니는 몸이 안 좋으셔서 자주 병원생활을 하셨지만 이런 상황을 이야기할 곳이 없었다. 수아는 자신만 참고 견디면 해결이 될 것이라고 생각했었고 꿈을, 직업을, 더 나아가 진로를 진지하게 고민할 시간이 없었다.

'그때 나처럼 이런 상황에 있을 때 누군가 나를 도와줬으면……'

'아니 내가 도움을 청할 곳이 있었다면 나는 지금 다른 상황에 처해 있을까?'

'왕따라는 그 상황을 좀 더 빨리 벗어날 수 있었을까?'

'또한 나의 꿈을, 직업을, 미래를 상의할 수 있는 누군가가 있었으면 더 구체적인 꿈이나 직업 목표를 세울 수 있었고, 그 꿈을 이루어나가지 않았을까?'

청소년지도사가 되고 난 이후에 자신의 과거를 되돌아볼 때마다 아쉽기만 하단다. 확실한 것은 타인을 도와주는 것, 수아와 같은 청소년들이 같은 상황에 있을 때 뒤를 돌아보고 도움을 요청하는 손길을 잡아주는 역할을 수아가 해야 할 몫이다. 지금 생각해보면 그때의 희미했던 질문과 꿈을 그렸던 게 보태져서 현재의 수아가 꿈을 이루는 데 밑바탕이 되었다고 생각한다. 그런 상황을 겪어왔기 때문에 어려움에 있는 청소년을 도울 수 있는 꿈을 그렸던 것이고 앞으로도 청년지도자로서 그 꿈을 이루어나가기 위해 수아는 노력할 것이다.

나의 마시멜로우

질문을 던져준 책 고도원《잠깐 멈춤》
그 속에서 만난 질문 속도 내어 살다가 브레이크를 걸고 주위를 둘러보는 여유를
가지고 있나요?

고도원 작가의《잠깐 멈춤》책을 열어보면 "2010년 12월 21일(화) 관장님의 선물"이라는 글이 있다. 우리 부부의 주례선생님이자 청소년지도사 시절 멘토였던 분이다. 사회생활 만 3년이 되던 해였다. 대학교 졸업 후, 일 년 동안에는 방황 아닌 방황을 하고, 지금의 기관을 입사한 지는 2년이 지난 시기였다. 잘하고 싶다는 욕심에 앞만 보고 달리기 바빴다. 역량이 되던 되지 않던, 기관 평가를 도맡아 준비하고, 프로그램 개발을 하며 한 해를 보냈다. 그러다보니, 주변을 둘러볼 시간이 없었다. 오히려 '내 사람'이라고 칭했던 사람들까지 멀어져만 갔다.

금요일 저녁만 되면 고등학교 친구로부터 연락이 왔다. 얼굴 좀 보자는 문자였지만, 흔쾌히 나갈 수가 없었다. 친구들은 안성, 나는 이천이라는 지역적 문제도 있었지만, 토요일에 출근을 했기 때문이

다. 여름 휴가기간이 되면 여행을 떠나자는 연락이 왔지만, 7월 말부터 8월 초까지는 청소년 기관이 한창 바쁠 시기라 불참석할 수밖에 없었다. 이런 일이 반복되자 서운함이 가득 담긴 문자로 친구들과의 관계는 정리가 되었다.

"너만 바쁘냐?"

하루하루 바쁜 일상에서 잠깐 멈춰 친구들을 챙기기 시작했다. 물론, 이미 멀어진 친구들과의 관계가 다시 챙긴다고 해서 좋아지지는 않았다. 할 수 있는 것이라고는, 아직 묵묵하게 옆에 있어 주는 이들에게 집중하는 수밖에 없었다. 평소에는 잊고 지내도 생일 축하 문자를 보내고, 연말이나 새해에는 안부 문자를 남겼다. 챙기지 않아도, 옆에 있어 줄 사람은 옆에 있을 것이라는 안일한 생각을 없애기 위해 노력했다.

고도원은 《잠깐 멈춤》에서 "믿음은 사람을 살리는 힘이다. 사람들과의 관계는 믿음을 바탕으로 이루어진다."고 이야기했다. 근로계약서 작성을 위해 사무실로 들어갔다. 두 사람만 있는 공간은 평소와는 다른 공기가 흘렀다. 일상적인 대화가 오갔다. 근로계약서를 받고 급여명세표를 확인했다. 연차가 된 만큼 조금이라도 인상되었어야 할 급여가 내년에는 오히려 줄어든 금액이 적혀 있었다. 순간 자리를 박차고 나오고 싶었다. 겨우겨우 사인을 끝내고 사무실을 나와 다른 직원들이 기다리고 있는 장소로 이동했다. 문제는 다음해였다. 청소년 현장에서는 '배치지원 인력'이라는 사업이 있다. 지방자치단체에서 직접 고용하는 형태가 아니라 국가에서 어느 정도 급여를 지원해주고, 나머지 급여만 지방자치단체에서 지급하는 형태이다. 기관마다 채용 형태가 다르겠지만 배치지원 인력은 대부분 '1년씩 연장계약'을 하는 계약직이다.

지역 특성상, 직원이 퇴사하는 일이 많지 않았다. 그러다보니, 2009년도 계약직으로 입사 후, 7년 가까이 근무형태는 바뀌지 않았다. 2016년도가 되어서야 내부 승진으로 인해 공석이 생겼고, 인사이동형태로 계약직에서 벗어날 수 있었다. 첫째아이를 낳고 복직을 하기 전까지는 계약직이라고 해서 불만은 없었다. 근무시간, 휴일근무, 당직근무, 그리고 매년 기본급 상승까지 다른 직원들과 다른 점이 없었기 때문이다. 2013년 8월, 첫째 아이를 출산하기 위해 대체인력을 채용하고 출산휴가를 들어갔고, 출산 휴가 3개월 종료 후, 바로 육아휴직을 들어갔다. 육아휴직 12개월을 모두 사용할 생각은 없었다. 나는 '워커홀릭'이었다. 2014년 8월. 아이가 첫 생일을 맞이하면 복직할 예정이었다. 문제는 2013년 12월에 발생했다. 지방자치단체 담당 공무원 입장에서는 나는 12월 31일부로 계약이 종료된 사람이었다. 당연히 육아휴직 연장이 어려웠고 다시 입사하기 위한 절차를 밟아야 하는 사람이었다. 1년을 근무했든, 5년을 넘게 근무했든 상관없었다. 성과를 얼마나 냈는지도 소용없었다. 계약이 종료된 노동자였다.

세현이는 사회복지시설에서 근무한 지 일 년이 되었다. 사회복지와 청소년을 전공했지만 중학교 2학년부터 했던 청소년 활동이 진로 선택에 동기였기 때문에 청소년 현장에서 근무하는 것이 꿈이었다. 지역 내에서 청소년지도사를 채용하기만을 기다렸지만 생각보다 기회는 오질 않았다. 차선책으로 선택한 것이 사회복지시설이었다. 자신을 아끼는 분들의 추천이었기 때문에 믿고 입사했다. 입사 초반은 '관계'에 대한 고민을 할 틈이 없었다. 새로운 업무를 배웠고, 기관 내 대상자에 대한 공부도 해야 했기 때문에 하루하루가 어떻게 지나가는지 몰랐다.

시간이 지나 사회복지 업무에 대한 매력을 느꼈으나, 청소년지도사로 근무하고 싶다는 마음이 한편에 있었다. 때마침 채용공고가 났다. 학력과 자격이 충분했기 때문에 서류를 준비했고, 근무하고 있던 기관에 기관장에게도 보고를 했다. 면접을 보기 위해서는 휴가를 신청해야 했고 지역사회가 좁다 보니 언젠가는 알게 될 것 같아서 미리 알린 것이다. 면접 전날, 기관장이 일대일 면담을 하자고 했다.

"세현이는 아직 나이도 어리고 경력도 안 돼서 그런 중요한 자리에서 근무하기에는 부족해. 그래서 난 네가 떨어질 것 같아서 마음이 편해."

면접을 앞두고 있던 세현이는 그 말로 인해 자신감이 떨어졌고 결국 면접을 포기했다.

《잠깐 멈춤》에서 고도원은 "직장은 오케스트라와 같다. 재능과 성품이 다른 사람들이 저마다 빛깔과 소리로 하모니를 내는 곳이다. 즐겁게 하모니를 이뤄야 직장도 살고 자기도 산다. 직장 상사와 동료는 경쟁의 대상을 넘어 삶의 성공과 희로애락을 함께하는 인생의 동반

자들이다."라고 이야기했지만, 현실은 직장 안에서 연주되는 오케스트라를 웅장하게 연주하기보다는 불협화음으로 개개인의 연주자가 피곤할 뿐이다.

세현이를 어렵게 하는 부분은 이뿐만이 아니었다. 조직 안에서 업무를 배울 사람이 마땅치 않았다. 다들 자기 업무하기에도 바빴다. 처음으로 기관 평가를 받았다. 평가를 나온 평가관이 세현이에게 '총계정원장'을 가지고 오라고 했다. 사회복지기관도 정부 예산을 받아서 운영하다 보니 예산 입·출금액을 모두 볼 수 있는 장부가 필요했던 것이다. 세현이는 평가담당자에게 도리어 물었다. 처음 듣는 단어였다.

"원장이요? 그게 뭔가요?"

"아니, 회계를 담당하는 사람이 총계정원장을 모른다는 게 말이 되나? 팀장님과 관장님 들어오시라고 해요."

담당자에게 불려온 팀장은 총계정원장을 세현이에게 가르쳐줬는데 잊어버린 것 같다고 이야기를 했고 관장은 "그러게 내가 작성하라고 했을 때 작성했으면 되었잖아."라고 했다. 세현이는 직장 상사가 자신을 지켜주지 못한다는 느낌을 받았다. 팀장이나 관장의 책임은 없었다. 각자의 인생이었고 팀원은 팀원 스스로를 지켜야 했다. 업무를 하면서 외부에서도 인정할 만한 긍정적인 성과를 내면 그건 세현이의 성과가 아니라 팀장과 관장 성과였다. 잘 되면 내 탓, 잘못 되면 남 탓의 실사판이었다.

함께 있는 사람을 소중하게 생각해야지 나 역시도 소중한 사람,

귀한 사람이 될 수 있다. 물론 스스로를 사랑하는 사람은 타인의 이야기와 평가에 크게 흔들리지 않는다. 뿌리는 많은 경험과 어려움을 겪은 후 단단해질 수 있다. 나만 귀하다고 여기는 자만심은 직장에서도 가정에서도 조심해야 하는 감정이다. 세현이가 직장에서 겪었던 일들을 바탕으로 해 자존감을 다독이고 반면교사로 삼아 자신이 누군가의 윗사람으로 있게 될 경우 '나는 그러지 말아야지' 하는 마음으로 대했으면 한다.

마음이 뭐길래

질문을 던져준 책   이은대 《내가 글을 쓰는 이유》
그 속에서 만난 질문   내가 글을 쓰는 이유는?

학창시절에 어머니로부터 많이 들었던 말이 하나 있다.

"말대꾸 하지 마!"

어머니가 나의 행동을 지적하거나 말을 듣지 않는다며 혼내시면 잘못을 인정하지 않고 말대답을 하기 일쑤였다. 그럴 때마다 어머니는 "네, 알겠습니다."라는 대답을 원하셨다. "알겠다."라는 대답은 잘못을 인정하는 것 같았다. 말대꾸하지 말라는 이야기를 듣기 싫어서 입을 닫아버리면 속에 있는 화를 분출할 수 있는 방법은 하나뿐이었다. 일기장을 펴서 그날 있었던 일들을 볼펜으로 써 내려갔다. 어떤 일이 있었는지, 감정이 어떤지를 적어 내려가다 보면 화났던 감정이 사라지는 것 같았다. 그때는 그저 화라는 감정의 분출구였다. 그러다보면 어머니의 행동 자체보다는 어머니 자체가 밉다는 표현을 많이 작성했다. 가끔은 과한 감정으로 엄마가 없었으면 좋겠다고 일기장에 작성했다. 문제는 어머니가 일기장을 보셨을 때였다. 두 아이의 엄마가 된 지금 생각해보면 자녀가 작성해놓은 글로 어머니가 얼마나 많은 상처를 받았고 상심하셨을지 가늠해볼 수 있지만 그때는 어머니가 일기장을 보았다는 사실에 더 화가 났다.

다른 사람이 보여주기에 어려운 글도 썼다. 평소 우리 부부는 모든 감정들을 말로 풀어내는 타입이지만 가끔은 말로도 헤어나지 못하는 감정이 있다. 이런 상황에서 선택하는 방법은 글쓰기이다. 같은 문장을 여러 번 써내려 가다보면 마음이 풀리기도 했다. 순간순간의 감정을 글을 쓰면서 낚아챘다. 계속해서 써내려 가다보면 나의 생각도 변했다. 글을 쓴 뒤 한참 후 같은 글을 읽더라도 내가 왜 이런 감정으로 글을 썼었나 싶어서 실소가 나오기도 한다. 또한 힘든 상황에서 글을 써 풀어나가다 보면 어떤 선택을 하면 좋을지에 대한 방법이 떠오르기 때문에 답답할 때마다 노트를 펼친다.

돌이켜보면 초등학생 때부터 책을 좋아하고 일기 쓰는 것도 좋아했다. 장래희망 칸에 작가라고 써서 학교에 제출한 적도 있었다. 다이어리를 꾸미고, 친구들과 일기를 교환하고, 글짓기를 해서 상도 여러 개 받았다. 상장은 나에게 긍정적인 강화가 되어서 나는 늘 '난 글을 잘 쓴다'라고 스스로를 믿게 하는 자양분이 되었다. 고등학교시절, 어머니는 포장마차를 하셨다. 동네 공원 근처에서 이동식이 아닌 고정형으로 운영했다. 밤늦게까지 홍합탕도 팔고 국수도 팔았다. 음식솜씨가 좋은 어머니의 포장마차는 장사가 잘 되었다. 그러다보니 주변 식당에 시샘을 받았다. 시청에 불법음식점으로 신고를 한 것이다. 신고로 벌금을 내거나 철수를 해야 할 상황이 되면 나는 시청 공무원에게 편지를 썼다. 우리 집이 얼마나 어려운지, 어머니가 삼남매를 얼마나 힘겹게 키우고 계신지를 구구절절하게 써내려갔다. 약간의 거짓말도 보태면서 말이다. 그래서인지 어머니의 벌금은 어느 정도 감액되기도 했고, 당장 다음달이라도 철수해야 되는 상황이었는데 몇 달간의 유예기간을 받기도 했다.

"개관하는 청소년수련시설에 개관 멤버로 입사하기"
꿈을 적으면 이루어진다는 꿈 시각화의 힘을 믿기 시작한 후, 꿈 목록에서 빠지지 않던 나의 꿈. 이천에 시민회관을 리모델링해 개관한다는 소문이 돌기 시작했다. 공개적인 자리에서 이야기를 꺼내는 직원은 없었다. 서로 눈치만 보았다. 기관장님의 부름에 아무도 없는 강의실로 자리를 옮겼다.
"현아 선생, 청소년수련관이 개관한다는 이야기는 들었지?"
"네, 아마 전 직원이 알고 있을 거 같아요."
"내가 현아 선생을 믿고 부탁하고 싶은 게 있는데 청소년수련관 운영 계획서를 작성해보는 게 어때? 청소년 기관 평가 준비하는 것도 잘 해주었었고, 믿고 맡기고 싶은데……."
마다할 이유가 없었다. 청소년 프로그램과 동아리 운영이라는 주 업무가 있었지만, 기회라고 생각하고 시작했다. 개관하는 기관에서 공개 채용을 하기 전, 지역에서 활동하고 있는 전문가들로 개관 멤버를 구성한다고 했다. 그동안 나는 사무실 인테리어와 가구를 알아보왔다. 타지역 청소년 기관 운영 계획서를 참고하며 어느 때보다 사무실 책상에 앉아 있는 시간이 많아졌다. 지역 내 청소년들을 대상으로 한 욕구조사를 진행해 포럼도 개최했다. 그렇게 내 손으로 개관을 준비하고 있었다. 당연히 입사할 수 있을 것이라고 생각했다.

청소년수련관 개관이 공식화되었다. 여전히 개관 멤버에 대한 부분은 소문만 무성할 뿐이었다. 기관 선생님들께서는 "당연히 현아 선생이 가야 되지 않을까?"라는 말로 기대감을 심어주었다. 개인의 기대는 타인의 말 한마디로 커지고 더 커졌다. 기관장님은 지역 내 청소년 전문가로 청소년수련관 관장이 되었다. 기관장님과 함께 수련관을 운영할 직원으로는 청소년지도사 자격증을 취득은 했지만, 자리가 없어서 잠시 쉬고 있던 신랑을 포함한 다섯 사람이 입사했다. 나는 해당되지 않았다.

대학교 졸업 후 결혼을 앞둔 상황에 인턴으로만 근무하고 있던 신랑의 취직이었다. 부모님을 포함한 모든 사람의 축하가 이어졌다. 그 앞에서 나는 가식적으로 웃었다. 진심으로 축하해주질 못하고 집으로 돌아와서는 신랑 앞에서 펑펑 울었다.

"왜, 당신만 입사해? 나는? 지금까지 내가 한 노력은?"

그럴 때마다 신랑은 "나 대신 당신이 입사할래?"라는 말로 위로해주었다. 눈물의 밤이 오래 갔다. 아무렇지도 않게 출근을 해서 업무를 마치고 집에 오면, 집에서는 신랑을 붙잡고 울고 또 울었다. 꿈이 좌절되었다고 생각했다. 눈물을 쏟아내도 정리되지 않는 감정을 비어있는 노트에 적어 내려가면 정리가 되었다. 지금은 웃으면서 이야기할 수 있는 사건이지만 과거를 회상하며 가장 아팠던 시기로 작성하는 일이기도 하다.

집 서재에 책장 한쪽은 글쓰기 관련 책으로 채워져 있다. 글쓰기 방법, 마음가짐 등에 대한 내용이 많다. 같은 주제에 대한 책을 여러 권 읽다보면 그 내용이 그 내용인 것 같은 순간이 있다. 현재의 내가 바로 그 상태이다. 글을 쓰고, 책을 쓰고 싶다는 욕구로 관련 특강도 듣고 책도 읽지만 결국 행하지 않으면 아무런 소용이 없다. 책을 수십 권 수백 권 읽어도 노트북을 열지 않으면 안 된다. 노트북 화면에 반짝이는 커서부터 시작해 한 글자 한 글자씩 글을 쓰기 시작하지 않으면 안 된다.

어느 작가에게든 첫 책은 있다. 매주 고정칼럼을 쓰거나 포스팅을 쓰는 사람들도 책을 여러 권 쓰는 사람들도 처음부터 완벽하게 잘 썼던 것은 아닐 것이다. 그렇다면 처음 시작을 '왜' 했는지에 대한 질문도 스스로에게 던질 수 있다. 조지 오웰의 에세이 《나는 왜 쓰는가》에서 글을 쓰는 네 가지 이유가 있다. 순전한 이기심, 미학적 열정, 역사적 충동, 정치적 목적이 그것이다.

흔히 남자와 여자는 하루 동안 입 밖으로 내뱉는 단어의 양이 다르다고 한다. 내가 내뱉는 단어가 100개라면, 신랑은 70개 정도였다. 2013년 8월, 첫째 아이가 태어났다. 출산 전, 사람을 대하는 일을 했던 나는 대화를 나눌 상대가 충분히 있었다. 일을 하며 100개를 다

털어내고 집으로 왔던 생활이었기 때문에 신랑과 단둘이 있는 동안은 대화를 나누지 않았도 되었다. 그러나 아이를 낳고 집에만 있다 보니, 대화를 나눌 상대가 없었다. 말을 해도 못 알아듣는 것 같은 아기에게 말을 하는 것도 한계가 있었다. 신랑이 퇴근하기만을 기다렸다. 집에서 아이와 둘만 있었는데도 대화 주제는 계속 있었다. 신랑이 돌아와 외투를 벗기도 전에 폭포수처럼 문장을 꺼내기 시작하면 신랑은 피곤한 내색을 했다. 하루에 내뱉는 단어가 70개인 신랑은 일을 하면서 70개를 다 사용하고 오기 때문에 나에게 해줄 말도 없었다.

누구나 자신의 이야기를 타인에게 하고 싶어 한다. 그게 말이 될 수도 있고 글이 될 수도 있다. 타인의 이야기를 처음부터 끝까지 오롯이 듣는 것을 좋아하는 사람은 많지 않다. 자신의 이야기를 하고 싶지만, 생각보다 자신의 이야기를 할 수 있는 시간과 장소, 그리고 사람이 많지 않다.

나에게는 '프로 배움러'라는 수식어가 있다. 그만큼 교육받는 것을 좋아한다. 결혼하기 전에도 결혼하고 나서도 새벽녘에 나가서 밤늦게 끝나는 교육이어도 평소 배우고 싶었던 주제라면 선뜻 신청했다. 교육 강사가 주제에 대한 전문 지식이 얼마나 있는지도 중요하지만, 자신의 이야기와 사례를 풀어내는 것도 교육의 만족도를 높이는 요소이다. 책도 마찬가지이다. 책을 통한 전문지식을 익히는 것도 중요하지만 작가의 이야기, 즉 스토리가 얼마나 마음을 울리느냐가 중요하다. 공감할 수 있는 교차점이 있느냐 없느냐가 책에 대한 만족도를 좌우한다.

언제까지 글을 쓰게 될까? 이 책이 세상 밖으로 나오고 나면 그만 쓰게 될까? 지금은 습관처럼 한 줄이라도 쓰게 된 글쓰기이다. 책을 내기 위한 글쓰기가 아닌 나 자신을 위한 글을 쓰게 될 것이다. 문장이 맞지 않더라도, 주제가 명확하지 않더라도, 키보드를 두드리다보면 집중하고 세상에 나 하나밖에 없는 것 같은 이 기분이 좋다. 글은 그 누구도 아닌 나 자신을 위함이다. 가끔 말로 꺼내기가 힘든 부분이 있을 때, 또는 사람을 만나 내 이야기를 하기보다는 타인의 이야기를 많이 들어줘야 했을 때 소진된 에너지를 보충하기 위해 글쓰기를 찾게 될 것이다.

스물에서 멈추는 여자, 스물부터 성장하는 여자

 질문을 던져준 책   김미경《흔들리는 30대를 위한 언니의 독설》
그 속에서 만난 질문   내가 지금 꾸고 있는 꿈은 나의 진짜 꿈인가?

스물넷. 대학교 졸업을 하면서 면접과 자격연수를 통해 취득하게
된 청소년지도사 2급. 대학교에 지급한 등록금의 결과라고도 볼 수
있는 자격증으로 입사할 수 있는 청소년 기관의 폭은 좁았다. 살고
있는 지역 내에 청소년 기관이 한 군데뿐이었다. 언제 채용공고가 나
올지도 모르는 곳에 홈페이지만 들락날락 할 수는 없었다. 집에서 출
퇴근하면서 새로운 직업을 찾을지, 낯선 곳에서 지내며 원하는 일을
하면서 지낼지에 대한 고민이 시작되었을 때에는 오래 고민을 할 필
요도 없었다. 당연히, '내가 하고 싶은 일을 하면서 살자'였다.

그렇게 입사한 곳에서 10년을 근무했다. 지내온 세월만큼 취득
한 국가자격증과 학력, 교육연수 등은 같은 연차 직원들에 비하면 월
등했다. 최소한 스스로는 그렇게 생각했다. 이러한 감정은 나를 조직
에 대한 기대감을 높이게 했고, 충당되지 못한 기대감은 결국 '퇴사'

의 이유가 되었다. 표면적인 퇴사 사유는 둘째의 출산이었지만 말이다. 둘째 출산 후에는 첫째 때보다 더 빨리 일을 시작했다. 강의 의뢰가 오면 거절하지 않고 나갔다. 더 이상 나를 증명해줄 수 있는 조직이 없었기 때문에 스스로를 증명하기 위해 온라인 홍보를 적극적으로 했다. 결과는 기대 이하였다.

"꿈을 적으면 이루어진다"

"청소년진로지원센터 센터장되기"

"대학교 강단에서 강의하기"

수없이 적었던 꿈을 보면서 회의감이 느껴졌다.

'도대체 이런 것들이 무슨 소용이 있지?'

'내가 적었던 꿈들 중에서 이루어진 것들이 뭐가 있는 거야?'

무의미해보였다. 타인에게 긍정적인 영향을 미치기 위해서는 스스로가 증명해나가야 하는데, 불안감이 엄습했다. 김미경의 《흔들리는 30대를 위한 언니의 독설》을 다시 들었다. 4년 전 책을 처음 읽었을 때 표시해두었던 부분뿐만 아니라, 꼼꼼하게 읽으면서 '지금'에 대한 질문을 스스로에게 하기 시작했다.

일만 바라볼 수 있었던 이십대가 그립기도 하다. 나와 마찬가지로 워커홀릭이었던 신랑 덕분에 일요일에도 일하고, 공식적인 휴일인 월요일에도 출근해서 자리를 지켰다. 나의 삼십대는 우선순위로 두어야 할 것들이 많은 시기였다. 아이가 둘이다 보니 신경 써야 할 것들이 두 배가 아닌 제곱 이상이었다. 아이들의 어린이집 스케줄을 모두 꿰고 있어야 했고 두 아이가 나이 차이가 있어서 필요로 하는 의식주가 달랐다. 첫째 아이는 어른이 먹는 음식을 동일하게 먹이면 되지만 둘째는 분유가 끝나면 이유식, 유아식 등 간이 없는 음식을 챙겨줘야 했다. 아이는 꼭 내가 일이 있을 때만 열이 올랐다. 사업장에 꼭 나가봐야 하는 신랑이 아이를 본다는 것은 상상할 수 없는 일이었다. 일정을 바꾸고 아이를 보는 것은 오롯이 내 몫이었다. '왜 민이는 내가 일이 있을 때마다 아픈 거지?'라는 생각이 들다가도 이런 생각이 드는 나에게 죄책감이 느껴졌다. 일과 가정 사이에 갈등은 매년, 매달, 매일의 일이었다. 누구나 그런 고민을 안고 살아가고 있다고 다독여보아도 쉽게 좋아지지 않았다. 가끔은 죄책감이 아닌 수치심이 일어났다.

'내가 엄마 자질이 있긴 한 거야? 제대로 돌보지도 못할 거면서 왜 아이를 낳은 거지?'

김미경은 《흔들리는 30대를 위한 언니의 독설》에서 "지난 세월 내가 가지고 있는 데이터를 분석하고 그것을 통찰하다 보면 내가 어떤 꿈을 꿔야 할지 알게 돼. 그 데이터가 말해줘서 말이야. 그리고 그 데이터가 말해준 꿈이 가장 나다운 꿈인 거야."라고 했다.

'심현아가 가지고 있는 데이터는 무엇이 있을까?'

- 11년간의 청소년지도사 근무 경험을 통한 프로그램 개발
- 400권 가까이 되는 독서 경험
- 책 출간 경험

나에게 쌓여 있는 데이터는 무궁무진한 데도 불구하고, '이 길은

내 길이 아니야'라며 다른 길을 기웃거리고 있었다. 재미있어 보인다는 이유로, 다른 사람이 그 일을 하는데 돈도 잘 벌고 사회에서 인정도 받는 것 같으니 나도 할 수 있을 것 같은 이유로 말이다.

오랜만에 만난 지혜 언니와 함께 가족들이 저녁으로 먹을 피자를 사기 위해 횡단보도 신호를 기다렸다. 최근 한 모임을 통해 알게 된 '만약에 카드'에서 회원 한 분이 뽑았던 '만약에 내가 로또에 당첨된다면?'이라는 질문과 회원들에 대답이 무엇이었는지가 화젯거리였다. 그때 당시 나는 "내가 만약 로또에 당첨된다면, 신랑 창고 지어줄 거예요."라고 대답을 했었다. 일억 천금까지는 아니어도 가끔씩 '로또에 당첨 되면 좋겠다'라는 생각을 한다. 문제는, 나는 태어나서 내 손으로 한 번도 로또가게에서 로또를 사본 적이 없다. 하늘을 봐야 별을 보는 것처럼, 로또를 사야지 부자가 되든지, 5,000원이라도 벌든지 할 텐데 욕망에 의한 괜한 꿈만 꿀 뿐이다.

아버지는 2남 2녀의 맏이, 어머니는 1남 5녀의 첫째 딸로 각 집안에서 가장 먼저 결혼을 했다. 두 분 사이에서 삼남매가 태어났는데 맏이가 바로 나다. 자연스럽게 아래로 동생들만 양쪽 집안 모두 모으면 열다섯 명이 넘어간다. 외할머니 장례식장에 모여서 각자 현재 나이를 이야기하고 그것마저 잊어버릴까 핸드폰 메모장에 기록했다.

학교를 다니면서 언니나 오빠가 있는 친구들이 부러웠다. 나이 차이가 많이 나면 용돈을 받았고, 공부를 지도해줬다. 학교에 준비를

놓고 가면 부모님 대신 언니, 오빠가 가져다줬다. 나는 학교생활이든, 사회생활이든 앞선 경험을 이야기해줄 사람이 없었다. 부모님 세대와 경험하는 것들도 달랐다. 양쪽 집안을 통틀어 가장 먼저 대학교를 입학하다 보니 모든 것을 혼자 익혀서 해낼 수밖에 없었다. 사회생활을 하면서 겪는 어려움도 책에 의존하는 시간이 많아졌다.

《흔들리는 30대를 위한 언니의 독설》에서 김미경은 "자기 자신과 대화해서 스스로 물어보고 그렇게 해서 얻은 답을 토대로 움직이는 게 꿈꾸는 사람의 기본자세야. 자기 꿈에 대해서도 스스로 질문하고 스스로 답을 내려야 한다."고 했다.

최근 초등학생을 중심으로 떠오르는 직업이 있다. 바로 '유튜버'이다. 초등학생뿐만 아니라 유튜버를 통한 개인 브랜딩을 위해 개인 채널을 가지고 방송을 시작한 직업인들도 상당수 된다. 필요한 준비물을 구입하기 위해 알아보았더니 금액이 만만치 않다. 초보 유튜버다 보니 고가의 물품은 구입하기 망설여졌다. 중고 가격도 만만치 않지만 차선책으로 선택해 시작한다. 구입한 카메라, 마이크 등을 세팅하고 첫 방송을 시작하기 전에 마음속에서 의심의 소리가 올라온다.

'내가 잘 할 수 있을까?', '누가 내 영상을 보기는 할까?' 실행하지도 않고, 첫 영상을 올리기도 전에 이런저런 이유로 미뤘다. 얼굴이 노출되는 영상은 부담스럽다며 그림을 그려주는 프로그램인 '비디오 스크라이브' 프로그램을 배웠다. 내가 선택한 주제는 글보다는 영상에 익숙한 사람들에게 좋은 책들을 소개하는 것이었다. 프로그램 독학이 어려워서 온라인 교육연수를 받았다. 워낙 기계치이고, 혼자 영상을 보면서 익히는 것이 쉽지는 않았지만 작품 하나하나를 완성할 때마다 뿌듯했다. 완성된 작품을 지인들에게 보여주면 "이거 진짜 네가 만들었어?"라는 이야기도 들었다. 완성된 영상도 있고, 유튜브 채널도 만들었으니 공지만 하면 되었지만 새로운 걱정이 생기기 시작했다. 과연 나의 채널을 얼마나 많은 사람들이 볼지, 사람들의 피드백이 부정적이거나 안 좋은 댓글이 달릴까봐 걱정이 되었다. 시작도 하지 않고 안 되는 이유만 만들고 있다.

'매. 두. 사' 흡사, 전설 속에 나오는 뱀 이름 같지만 '매일 두 시간씩 학습하는 사람들의 모임'의 줄임말이다. 오전 7시에 사무실에 들어선다. 출근시간 보다 두 시간 앞선 시간이지만 이미 기관장님은 앉아서 책을 읽고 계신다. 학습을 위해 확보한 시간이었기 때문에 차 한 잔 하지 않고 가벼운 목례만 서로 하고 자리에 앉는다. 컴퓨터를 켜고 인터넷 강의를 로그인한다. 직원들이 출근하기 전 두 시간은 공부에 집중한다. 방학 기간에는 책을 읽는다. 415권의 책은 대부분 그 시간을 확보해 읽은 책이다. 커피 한 잔과 함께 인터넷 강의를 듣거나 책을 읽고 있으면 어느새, 사무실 문이 열리고 직원들이 출근할 시간이 되었다. 선배 직원들보다 출근을 빨리했다는 자긍심이 강했다. 경영 컨설턴트 간다 마사노리는 '미래로부터 역산해 현재의 행동을 결정한다'라고 했다. 99%의 인간은 현재를 보면서 미래가 어떻게 될지를 예측하지만, 1%의 인간은 미래를 내다보면서 지금 현재 어떻게 행동해야 할지를 생각한다고 했다. 사회 초년생 때부터 바라는 미

래의 모습을 자꾸 생각하면서 현재의 모습을 변화시키고자 했던 것
이 30대에 나를 만들어내고 있으며, 40대에 나를 상상하며 30대를
보내고 있다.

chapter 2

불안하고 두려울 때
힘이 되어준 책

'어떻게'가 아니라 '어디로'

질문을 던져준 책   공병호 《공병호의 우문현답》
그 속에서 만난 질문   나는 지금, 어디로 가고 있는 걸까?

집과 직장은 걸어서 10분 거리였다. 사업 연계를 위해 학교를 방문할 일이 많아지자 어쩔 수 없이 운전을 하기 시작했다. 기관에서 자동차로 20분 거리인 학교를 처음 방문할 때는 내비게이션을 이용했다. 같은 학교로 두 번 이상 강의를 나가면 스스로 찾아갈 수 있는 곳이었지만 내비게이션이 중간에 끊기기라도 하면 식은땀이 났고 온몸이 긴장되었다. 바로 한쪽에 정차하고서 내비게이션을 다시 연결해서 출발한다.

진로進路의 한자 그대로 해석하자면, '나아갈 길'이다. 진로라는 단어가 청소년들이나 대학생들에게만 국한되어 있는 것이 현실이다. 진로가 가지고 있는 포괄적인 의미보다는 '무슨 직업으로 평생을 먹고 사느냐'에만 초점이 맞춰져 있다. 인생은 방향 찾기이다. 모두 가는 길이 내 길인 줄 알고 바쁘게 쫓아가다 보면 길을 잃기 쉽다. 우리 사회의 교육은 주입식 교육이다. 방향을 찾는 행동 자체를 한 번도 해보지 않고 스무 살이 되었는데 어른들은 이제 알아서 하라고 한다. 속도에만 몰입하며 성장의 속도를 빠르게 한다면 무언가 놓치는 부분이 생기기 마련이다. 빈틈을 놓아둔 채 목적지를 향해 나아가기만 한다면 어느 순간 빈틈이 발목을 잡을 것이다. 가끔은 멈춰 서서 숨을 고르며 빈틈은 없는지, 놓치고 있는 관계는 없는지 살펴보고 채우기 위해 노력해야 한다. 배의 꼬리에 달린 키의 역할은 배가 나아가는 방향을 조정한다. 돛을 잘 조정하면 어느 방향으로든 배를 잘 몰고 나아갈 수 있는데, 내가 원하는 특정한 방향으로 뱃머리를 조정하는 것이 바로 키의 역할이다. 키가 기능을 상실하면 배는 전진하거나 후진하거나, 그도 아니면 일정 구역을 뱅글뱅글 돌기만 할 뿐이다. 인생에서 각자가 가지고 있는 키를 잘 다루어야 하는데 이때 바로 꿈이 키 역할을 한다. 꿈과 목표가 있어야 방향을 향해 똑바로 나아갈 수 있다. 무엇을 향해 갈지, 향하는 길의 끝이 어디일지는 실질적으로 각자에게 중요하다. 처음부터 방향을 잘못 정했다면 올바른 방향을 찾기 위해 끊임없이 노력해야 한다.

　공병호 작가는 《공병호의 우문현답》에서 "모두에게는 삶에서 나침반 역할을 하는 북극성, 즉 꿈이나 목표, 이상이 필요합니다. 그래야 바른 길로 나아갈 수 있으니까요. 그러나 모두가 그 북극성을 찾아내는 행운을 누리지는 못합니다. 내가 무엇을 원하는지, 무엇을 위해 살아가야 하는지 진지하게 고민하고 그것을 찾아내기 위해 실질적인 노력을 하는 사람만 북극성을 찾을 수 있습니다."라고 했다.

첫째 아이가 7살이 되었고 일 년 정도 남은 초등학교 입학이 신경 쓰이기 시작했다. 한글을 떼고 들어가야 학교 수업을 쫓아갈 수 있을 것 같았다. 다른 친구들은 한글을 다 떼고 갈 테고, 담임 선생님도 역시 반 아이들이 한글을 기본으로 한다고 생각하고 수업을 시작한다는 말에 초조해졌다. 아이는 자기 이름을 곧잘 썼다. 낱말 카드로 단어도 어느 정도 익힌 것 같았다. 문제는 자음과 모음을 연필로 쓸 때였다. 순서에 맞지 않게 쓰다 보니 완성되는 단어가 엉망이었다. 단어는 알고 있지만, 제대로 된 쓰기 방법은 몰랐던 것이다. 각각의 단어들을 순서에 맞게 쓰도록 하니 아이는 힘들어 보였다. 하지만 그 시간들이 쌓이고 쌓일 것이라고 믿는다.

많은 부모들이 아이에게 하는 질문이 있다. 우리 부부도 첫째 아이가 듣기, 말하기가 어느 정도 되기 시작할 때부터 6살인 지금까지도 하는 질문이다. 바로 '엄마가 좋아? 아빠가 좋아?'이다. 육아서에는 그 질문이 아이에게 스트레스가 된다고 하지 말라고는 하지만 아이의 반응이 궁금해서 종종하게 된다. 첫째 아들은 지금까지도 대답이 한결같다. '엄마도 좋고, 아빠도 좋아' 이게 바로 우문현답 아닐까. 아이의 대답은 사람과 사람뿐 아니라 물건과 사람 사이에도 해당된다.

"훈아, 헬로카봇_{남자 어린이 사이에 유행하는 만화 제목}이 좋아, 이모가 좋아?"

"음……, 헬로카봇! 그리고 이모!"

아마 첫 번째 답은 본심일 테고, 헬로카봇을 선물해 준 사람이 이모이니 앞으로를 위한 답이 아닐까 싶다. 이렇게 살면서 받는 질문 중 많은 질문들이 어리석은 질문이다. 물론, 질문을 한 사람은 어리석은 질문이라는 판단을 하기가 쉽지는 않다. 중요한 것은, 질문을 받은 사람이 어떻게 받아들였느냐이다. 질문이 어리석다는 판단이 들면 우리는 질문하는 자가 의도한 대로 반응하기 보다는 현명한 대답으로 상대를 이해시켜야 나의 품위를 지킬 수 있다.

아기가 태어난 순간부터 엄마들은 주변 아기들과 비교를 시작한다. 조리원 동기 줄여서 '조동'이라고 불리는 사람들과 인연을 맺은 후부터는 아기의 발달 단계는 가장 큰 이슈이다. 모유든, 분유이든, 얼마나 먹는지, 수유텀은 어떻게 되는지를 공유한다. 먹고 싸고 자는 게 다인 신생아 시기가 지나고 나면 고개를 가누는지, 뒤집기는 하는지, 되짚기는 하는지를 공유한다. 또래 아기엄마들과 발달단계를 공유하지 않을 때는 우리 아기가 빠르거나 늦다는 생각이 들지 않지만 공유하고 나서부터는 불안해진다. 2년 전 11월 초, 둘째를 출산했고 위로는 4살 차이 나는 첫째가 있다. 키워본 경험이 있어서 그런지 때가 있다고 생각하고 발달을 기다린다. 둘째는 뭐든 빠르다는 속설처럼 둘째는 무엇이든지 빨랐다. 목도 금방 가눴고, 뒤집기도 곧잘 해냈다. 비슷한 시기에 아기를 낳은 사람들과 아기의 발달을 공유하고 나면 빠르다는 것이 느껴진다. 아기들은 태어날 때부터 속도 전

쟁이다. 첫째는 또래보다 키가 크다. 엄마의 유전자보다는 아빠의 유전자 때문인 건지 음식을 골고루 먹는 편은 아니지만, 평균보다 항상 컸다. 내 아이만 보았을 때는 잘 느껴지지 않았는데 어린이집에서 하는 행사에 참여하고 나면 알게 된다. 하루는 가족들이 근처 식당에서 외식을 했다. 큰 아이가 다니고 있는 태권도 학원을 같이 다니고 있는 한 살 차이 형을 만났다. 5살이었던 아이는 나이에 대한 개념이 아직 없다 보니, 자신보다 키나 덩치가 크면 형, 누나이고 작으면 동생이라고 생각했던 것 같다. 자기보다 한 살 많지만 왜소했던 6살 형에게 다가가 "야! 우리 학원 같이 다니지."라며 말을 걸자 상대방 부모는 불쾌해 하며 "형이라 불러야지."라며 아이를 바로잡아주려고 했다. 아이가 바르게 크고 있음에도 불구하고 우리는 옆집 아이와 비교하며 불안해한다.

큰아이가 언제부터인가 '1등'이라는 단어를 사용하기 시작했다. 어린이집에서는 하루 종일 또래들하고만 어울리다 보니 배워오는 단어가 많지 않았지만, 2017년 10월부터 학원을 다니기 시작한 이후로 사용하는 단어의 개수가 많아졌다. 밥을 같이 먹을 때도 "이거 내가 먼저 먹으면 1등."이라며 밥을 먹었다. 아이가 먼저 밥을 먹고 나서는 "엄마는 졌고, 내가 이겼다."라며 즐거워했다. 처음에는 귀엽다고 생각했다. 하지만 어느 순간부터는 이기고 지는 개념을 알게 된 큰아이가 더 이상 어리지만은 않다는 생각이 들었다.

공병호는 《공병호의 우문현답》에서 "아쉽게 떠오르는 일들이 한

두 가지씩 있을 것입니다. 무모하게 아무런 준비 없이 여기저기 부딪쳐도 안 되겠지만, 삶에는 어느 정도 위험을 감수하고라도 항상 도전하는 자세가 필요합니다."고 했다. 흔히들 인생의 속도를 이야기할 때 10대는 10km, 20대는 20km, 30대는 30km라고 이야기한다. 누구에게나 똑같이 주어지는 24시간이지만 '시간의 주도권이 누구에게 있느냐'가 속도 체감의 기준이 된다. 인생의 무한함을 느끼는 10대는 집-학교로 선택권이 많지 않다보니 시간이 천천히 가는 것 같지만, 챙겨야 할 것들과 신경 써야 할 것들이 많아지면서 시간의 흐름이 점점 빨라진다.

졸업을 유예하는 대학생들이 늘어나고 있다. 대학 졸업자에 비해 국내 기업의 채용계획은 턱없이 부족하다. 대학졸업을 해도 뾰족한 수가 나오지 않아서 대학생들은 휴학을 하거나 유학을 간다. 이러한 취업난은 사회불안으로 이어질 것이다. 취업을 하지 못하면 낙오자가 될 것이라는 생각 때문이다. 전략을 잘 짜야 한다. 순서가 중요하다. 내가 원하는 삶의 방향이 어디인지, 내가 가지고 있는 경험이 무엇인지 파악해야 한다. 《탈무드》에서 나온 일화이다. 한 나그네가 길을 가다가 마차를 만났다. 다리가 아파서 태워달라고 부탁을 하니 마부는 태워 주었다.

"예루살렘까지 여기서 얼마나 먼가요?"

나그네가 마부에게 물었다.

"이 정도의 속도라면 30분 정도 걸리지요."

고맙다는 인사를 한 나그네는 잠시 잠이 들었다 깨어보니 30분 정도 지났다.

"예루살렘에 다 왔나요?"

"여기서 한 시간 거리입니다."

"아니, 아까 30분 거리라고 하지 않았나요? 그새 30분이 지났고요!"

"이 마차는 반대 방향으로 가는 마차요. 당신은 나에게 예루살렘까지 거리를 물었지 거기가 목적지라고 말하진 않았잖소!"

마부에게 어디로 가야 되는지 말하지 않은 나그네는 낭패를 본 것이다. 지금도 칠판을 쳐다보고 고개를 숙이고 선생님의 이야기를 공책에 적어내려고 가고 있을 우리 아이들이 고개를 들고 내가 가고 있는 방향이 어디인지 살펴보길 바란다.

한 줄기 희망만 있다면

 질문을 던져준 책 전성민·김원중《삶을 재정비하는 법》
그 속에서 만난 질문 나는 잘 가고 있는가?

불안은 주기적으로 나를 지배한다. 주변 작가들이 하나둘씩 책을 출간하거나, 함께 공부를 시작한 동기가 학위논문을 완성하고 박사 학위를 취득했다. 비성수기라고 일컫는 여름방학 기간에도 꾸준히 강의나 코칭을 하는 강사를 볼 때마다 부러웠고 때로는 불안했다. 다들 유튜브를 활용해 마케팅을 하는 모습을 보고는 유튜브를 시작해야 될 것 같았다. 베스트셀러는 꼭 읽어야 될 것 같아서 아직 읽지도 않은 책이 책장에 가득한데도 불구하고 결제를 한다.

하지만 현실은 아이를 어린이집 보내고 하원할 때까지 집안일 한 시간을 하고 바로 자리에 앉아 선행연구를 찾아보는 데에만 8시간을 할애한다. 시간관리를 다른 사람들은 어떻게 하는 것인지 많은 일들을 해내고 있는 주변인들을 볼 때마다 부럽기도 하고 스스로가 못나 보인다.

10여 년간 읽었던 책 목록을 보면, 사회생활을 시작했던 2009년부터 2012년까지는 자기계발서가 많다. 직장 안에서 훌륭한 멘토들이 많았지만 사람에게 얻을 수 있는 배움 이상을 얻고자 책에 의지했던 것 같다. 자기계발서에는 같은 문장과 이야기가 있지만 작가가 덧붙인 자신의 이야기를 통해 다른 느낌이 든다. 두 작가의 《삶을 재정비하는 법》도 그렇게 다가왔다.

작년 추석, 연휴를 보내기 위해 이천을 방문했다가 돌아오는 길이었다. 저녁을 먹으면서 술을 한잔 했던 신랑을 대신해 운전을 했다. 고속도로를 달리는 것만큼이나 두려운 것이 바로 밤운전이다. 낯익은 길이어도 밤운전을 하려고 하면 긴장을 하는데, 연휴 끝자락 돌아오는 차들로 늘 가던 길은 막히다 보니 내비게이션은 초행길을 안내해주었다. 도착 예정 시간이 빠르다는 이유는 그 길을 이용하는 차가 적다는 뜻이다. 평소에도 차가 많지 않은 거리라 그런지 유도등도 없었고 길 양옆에는 흔한 편의점마저 보이지 않았다. 뒤에는 두 아이가 잠들어 있었다. 옆에는 술기운에 잠들어버린 신랑이 있었다. 야속했다. 밤운전과 초행길. 나에게 있어서는 긴장을 놓지 못하는 매 순간이었다. 순간, 반가운 불빛이 보였다. 앞차에게는 미안했지만 그때부터 뒤에 꼭 붙어서 쫓아갔다. 어두운 밤, 목적지는 있으나 옆이 어두워서 방향을 잃었을 때 한 줄기 빛은 가야 할 곳을 비춰준다.

'안성 만화 카페'를 검색했다. 자주 가던 병원에서 걸어서 3분 거리에 만화 카페가 있었다. 평소 지나갈 때는 보이지 않았던 곳이었다. '만화 카페에서 만화책 보기'를 행동으로 옮기기로 한날, 두 아이를 등원시키고 차를 몰고 나왔다. 유료 주차장에 주차를 하고 걸어 나왔더니 노란색 간판이 보였다. 평일 오전시간이라 점원 이외에는 아무도 없었다. 만화책을 고르기 전에 카페를 둘러보았다. 창가 쪽은 4명 이상이 앉을 수 있게 넓었고 안쪽 자리는 2층으로 되어 있었다. 사다리를 타고 올라가는 2층은 싫었다. 커튼을 치고 공간을 아늑하게 만들 수 있는 아래 공간에 짐을 풀고 만화책이 있는 책장으로 향했다. 둘째 임신 중에 《명탐정 코난》 시리즈를 태교로 본 것 이후 오랜만에 보는 만화책이었다. 핸드폰으로 웹툰을 보기는 하지만 종이책으로 나와 있는 만화책은 오랜만이었다. 어떤 책을 읽을까 고민하다가 《조선왕록실톡》을 집어 들어서 자리로 왔다. 몇 장 읽다가 다시 꽂아 놓았다. 편하게 두 시간을 보내려고 온 것이었는데 역사책을 보다 보니 자꾸 머리로 이해하려고 했기 때문이다. 정철연 작가의 《마조앤 새디》를 골라서 읽었다. 시원한 아이스 아메리카노와 함께 시간을 보내다 보니 두 시간이 금방 지나갔다.

만화 카페 방문과 비슷한 시기에 피아노 레슨을 알아보았다. 학원과 개인 레슨 중에서 고민하다가 학원은 성인반 시간이 저녁에만 있어서 개인 레슨으로 선택했다. '인연'이라고 해야 할까. 둘째 아이 어린이집이 위치한 아파트 바로 옆동에서 레슨을 할 수 있다고 해 등록했다. 시간도 둘째 등원 후 오전 10시였다.

시간은 누구에게나 24시간이다. 돈이 많은 사람이나 성공한 사람이 시간이 더 많거나 하지는 않는다. 오후 4시면, 둘째 아이가 어린이집에서 돌아온다. 그때부터 아이가 잠드는 9시까지는 오롯이 아이에게 집중해야 된다. 아이가 혼자 잘 논다 싶으면 집안일을 하거나 음식을 만든다. 개인적인 업무를 하거나 책을 읽는 시간을 내기는 힘들다는 것이다. 첫째는 한 시간이라도 TV시청을 하게 하고 그 시간에 책을 읽거나 원고를 작성하면 되지만 둘째는 이제 막 18개월이 되었기 때문에 바짓가랑이 잡고 늘어지면 어찌할 도리가 없다. 오전 10시부터 오후 3시까지 하루 5시간 잠자는 시간을 제외한 일을 할 수 있는 유일한 시간이다. 해야 할 일과 하고 싶은 일이 많은 2019년 1월이었다. 일 년 200권의 독서를 할 계획이 있었기 때문에 독서 시간을 마련해야 했고, 대학원 과정을 마무리해야 한다는 생각에 논문을 볼 시간도 필요했다. 연초라 그런지 강의 문의는 꾸준히 들어왔다. 아침에 일어나 할 일목록을 작성하고 자리에 앉지만 외부에서 들어오는 일들로 우선순위가 순식간에 바뀌기 일쑤였다. 그러다 보면 '내가 무엇을 하려고 했지?'라는 생각이 든다. 해야 하는 업무를 나열하면 그 중에 중요한 일은 5개 안팎이다. 5개 중에 가장 중요한 20%에 해당하는 일이 무엇인지를 찾는 것이 중요했다.

전성민, 김원중 작가는 《삶을 재정비하는 법》에서 "바쁜 상태에서 모든 것이 혼란스럽고 답이 보이지 않을 때일수록 기본으로 돌아가야 한다. 사안의 본질을 제대로 파악하지 못한 채 빨리 처리하는 것에 얽매여 일을 진행해서는 안 된다. 적당한 거리를 두어라. 조급함은 일을 그르치는 적이다. 바쁠수록 돌아가라. 먼 길을 돌아가는 것 같지만 그 길이 바로 지름길일 수도 있다." 했다.

현존하고 있는 성격검사 중 많이 알고 있는 검사 중 하나인 MBTI 검사. 검사에 따르면 나는 외향형과 내향형의 중간이다. 다른 사람들 앞에서 말하는 직업인이다 보니 타인은 나를 외향형으로 보지만, 일하는 시간 외 시간은 혼자 있는 것을 즐긴다. 업무 시간에 외향형으로 보이기 위해 남은 시간에는 에너지를 충전한다고 할까……. 특히, 처음 보는 사람과 쉽게 친해지지 못한다. 하루 8시간으로 진행되는 교육에 참여한다고 하면, 오전 내내 서먹해하다가 교육이 끝날 때쯤에야 친해지는 정도이다. 6회 차로 진행되는 교육이라면 중간이 넘어서는 4회 정도 되어야 내 이야기를 꺼낸다.

《삶을 재정비하는 법》에서는 가슴이 시키는 일을 하는 사람은 세상의 질타와 무시 속에서도 당당함을 잃지 않는다고 했다. 가슴이 시키는 일을 하는 사람은 인생의 무게와 꿈을 바꾸지 않는다. 가슴이 시키는 일을 했기에 최고의 자리까지 오를 수 있었던 것이다. 청소년 현장에서 근무하며 진로, 직업에 흥미가 생겨서 진로 관련 자격증을 취득하고, 교육을 받다가 대학원도 입학했다. 10대 청소년들이 학업과 공부만을 위한 24시간을 보내는 것이 안타까웠다. 대학교 입학 후에야 자신을 알아가기 위해 돈을 쓰거나 방황하기보다는 10대 때 최소한 '자기 탐색'만이라도 했으면 좋겠다는 생각이었다. 그러다가 그리게 된 꿈이 '국가 청소년진로센터'이다. 자유학기제로 인해 청소년 기관 위탁으로 한 진로 지원센터가 생기고, 몽실학교라는 이름으로 자치배움터도 생겨나고 있으나 진로 탐색, 직업 탐색, 진로 계획 등 진로와 관련된 전반적인 업무를 도맡아하는 기관이 생기기를 바란다.

나에겐 이루고 싶은 꿈이 있기에 늘 내 가슴은 뛴다. 문제는 꿈이 너무 많다 보니 가끔 헷갈리기도 하고 버겁기도 하다. 이런 나로 인해 동기부여가 되고 긍정적인 행동의 이유가 된다고 하면 그것으로 만족한다.

'심현아, 잊지 말자. 꿈이 있다는 걸.'
내 삶을 다시 한 번 재정비한다.

몰입할 수 있는 뭔가

 질문을 던져준 책　구본형 《구본형의 필살기》
그 속에서 만난 질문　심현아의 필살기는 무엇인가?

초등학교 시절, 새 학년으로 진급하는 3월만 되면 귀가 시간이 늦어졌다. 학교에서 친구들과 늦게까지 남아서 환경미화를 하기 위해서였다. 교실 뒤 게시판에 들어갈 시간표를 오리고 붙이고, 친구들과 나누면 좋을 만한 이야기들을 적기도 했다. 미적 감각이라고는 제로인 내가 미화부장이 되어 환경미화를 앞장섰던 것이다. 각 학급에는 미화부장뿐만 아니라 체육부장, 홍보부장 등 자신의 강점을 살린 부장님들이 있었다.

2019년 여름, 청소년 진로캠프는 4차산업혁명과 강점찾기 활동, 도미노를 활용한 협동심 향상 등 다양한 활동으로 진행되었다. 앞에서 강사가 교육을 할 때는 지루한 듯이 눈만 깜빡이던 지우는 도미노 쌓기를 시작하자 생기가 돌았다. 다른 청소년들은 금방 포기하고 다른 팀에 가서 훈수를 두기 바빴는데 초집중모드로 끝까지 주어진 미션을 수행했다. 소혜는 반대로 도미노 게임에도 흥미가 없었다. 대신 팀원들을 독려하며 저녁에 있을 레크리에이션을 준비했다. 아마 진로캠프를 강의식으로만 2박 3일 진행했다면 나는 지우와 소혜의 강점은 알지 못하고 수업에 집중하지 못하는 청소년으로만 기억했을 것이다.

이렇게 아무런 강점이 없어 보이는 청소년도 성인의 오랜 관찰을 통해 무언가를 발견해 강화시켜준다면 특정 분야에 관심을 갖고 몰입을 통한 자신감을 얻고, 다른 분야에서도 자기주도적 생활을 이어 갈 것이다. 자신만의 길을 갈 수 있도록 다양한 능력을 찾아 지원해 주는 것이 어른의 역할이다. 다양한 배경과 고유한 빛깔을 지닌 청소년이 많다.

대학교 입학이나 취업을 위한 자기소개서에 단골 질문으로 등장하는 것이 장점과 단점이다. 단점을 적게 하는 이유는 업무를 수행할 때 우려 사항을 예측하기 위함과 어떤 사람인지 파악하기 위함이다. 그래서 단점을 작성할 때 '나에게는 이런 단점이 있지만, 고치기 위해 이런저런 노력을 했다.'라는 점을 강조한다. 요새는 장점과 단점보다는 강점과 약점에 관심을 둔다. 청소년 진로 지도시에도 각자의 강점을 파악하고 지지할 수 있도록 해주는데, 여기서 강점은 내가 옆에 있는 사람보다 아주 조금이라도 잘하면 강점이 될 수 있다.

크기가 2.5센티미터밖에 되지 않는 개구리와 도마뱀은 적이 도처에 있는 야생에서 어떻게 살아갈까? 작기만 한 동물들에게도 생존을 위한 필살기가 있다. 적을 만나면 몸을 순간적으로 경직시켜 탱탱볼처럼 만드는 두꺼비와 온몸이 방수처리가 되어 있기 때문에 비와 맞설 수 있는 뱀처럼 인간에게도 직장에서도, 사회에서도 살아가기 위한 필살기가 있다. 이러한 필살기는 개인마다 특성화된 정도는 다르나 인간 공통에게 있는 필살기는 바로 '의사소통'이다. 슬플 때는 위로도 해주고, 기쁜 일은 나누며 모르는 것들은 서로에게 알려주는 행위를 통해 어제보다 더 나은 오늘을 살고 있다.

2018년 10월 기준으로 청소년지도사 자격증 취득자 수가 오만여 명 가까이 된다. 정확히는 49,846명이다. 청소년 기관에서 근무하는 사람들은 어느 지역에서 일하든지 비슷한 업무를 한다. 하루 일과 중, 투자하는 시간이 더 많은 업무가 존재하기는 하지만 큰 차이는 없다. 같은 일을 비슷한 기간 동안 하지만 어떤 사람은 그 일을 잘하고 어떤 사람은 평범한 수준이다. 전자의 사람은 많은 업무 중에서도 몇 가지 업무에 탁월함을 나타내서 어느 순간 조직에서 나온다. 어떤 사람은 그저 그런 성과와 주어지는 업무에 만족하며 산다. 청소년지도사뿐만 아니라 어느 직장에서나 볼 수 있는 모습이다.

저자 구본형은 둘의 차이점에 주목했다. 직장에서 주어진 일들을 무시하지 않고, 효율적으로 일할 수 있는 방법을 고민하고 재창조해 타인과 차별화된 사람이 되는 사람은 무엇이 다를까에 대해서 고민했다. 결과는 바로 필살기에 있었다. 필살기는 "이 업무만큼은 내가 누구보다 잘할 자신이 있어.", "이건 내가 최고지."라며 업무를 시작하는 것이고 자연스럽게 "이 업무만큼은 어느 누구도 너를 따라 갈 수 없어."라는 평이 뒤따라오게 만든다.

2010년 《구본형의 필살기》를 읽고, 작성했던 나의 필살기는 29가지였다. 필살기 작성 시 주의해야 할 것은 최대한 'task과업, 과제' 중심으로 세분화해야 한다.

- 청소년 기관 평가를 위해 전년도 자료를 취합한다.
- 평가를 위해 취합된 자료를 정리해 문서화한다.
- 기관 운영백서 제작을 위해 취합된 자료를 정리해 문서화한다.
- 공모사업을 위해 계획한 프로그램을 문서화해 제출한다.
- 문화의집 소개를 위해 파워포인트 자료를 정리한다.
- 실습생 첫 출근 시 오리엔테이션, 프로그램계획서 작성법을 가르친다.

청소년 기관 평가 준비, 기관 운영백서 작성 등과 같이 넓은 주제로 정리하지 않고, 세세하게 나누어서 정리했다. 다른 사람보다 탁월하다고 일컬을 수 있는 나만의 필살기가 완성되었다. 이러한 필살기는 현재의 업무에서 시작된 것이지만, 향후의 일과 연관될 수 있다. 2010년이면 업무를 시작한 지 3년이 되지 않은 시기였다. 지금 생각해보면, 긴 직업 생활에서 겨우 한 부분에 불과했다. 어떤 강점은 일상적인 상황에서는 표현되지 않는다. 입사한 지 만 1년 만에 나에게 주어졌던 업무인 '기관평가 준비'를 준비되어 있지 않았다는 이유로 거절했다면, 위에 적었던 필살기를 발견하지 못했을 것이다.

무언가에 집중하고 몰입할 수 있는 이유는 결국, 나의 강점과 장점이다. 자신이 누구인지, 위치가 어느 정도인지 알아야만 집중해야 하는 것들을 알아차릴 수 있다. 또한 나에게 소중한 것들을 발견해야 한다. 나에게는 엄마, 아내, 딸, 공부하는 학생, 강사 등 다양한 역할이 있다. 거부할 수 없는 역할과 거부하지 못하는 역할이 있다. 그 중에서 우선순위를 찾는다. 이런저런 것들 모두 어려우면 조금 극단적인 방법이지만 나에게 남은 날이 얼마 남지 않았다면 무엇을 우선적으로 하고 싶은지 생각한다. 또는 향후 나를 어떤 사람으로 사람들이 기억하길 원하는지를 적어보는 것도 좋은 방법이다.

근무했던 청소년 기관은 인사고과 시스템이 익숙하지 않은 곳이었다. 인사고과를 하기 위해서는 직원마다 성과에 대한 객관적인 기준이 필요하다. 하지만 내가 있던 직장은 판매율이 높다거나, 고객 유입률이 높다거나 하는 기준이 없었다. 또한 각자가 하고 있는 업무의 우위를 두기가 어렵다보니 양적인 성과판단이 어려웠다. 각자하고 있는 업무에 대한 양 또는 질적인 판단이 어렵다보니 직원 평가에 따른 승진제도가 만들어지지 않았다. 유일하게 평가할 수 있는 건 '한 기관에서 얼마나 오래 일했느냐'였다. 경력은 시간만 지나면 쌓인다. 일을 잘한다는 평가를 받기 위해 사업을 기획해서 예산을 확보할 필요도, 청소년 프로그램을 직접 운영하며 아이들을 만날 필요도 없었다. 상황이 이러하다 보니 주어진 업무에만 집중하거나, 또는 주어진 업무조차 동료에게 미루는 직원도 있었다. 주어진 업무만 하는 사람과 자신의 필살기를 찾아 집중해 업무를 하는 사람과는 3년 이내에 차이가 날 수밖에 없다.

2014년 10월. 각자의 기관에서 일하고 있는 중 신랑에게서 메일이 왔다. 대학원 박사과정 모집관련 공고문이었다. 얼마 전에 커리큘럼을 확인했던 학과가 있는 대학원이었다. 한글 파일이 열려 있는 화면만 멍하니 쳐다보았다. 지원을 할까 말까 고민했다. 이번에 지원하지 않으면 반년 뒤 지원 기회가 온다. 길지도 짧지도 않은 기간이다.

자기소개서를 열어 놓고 인적사항부터 적기 시작했다. 그 순간부터 '일하면서 일주일에 세 번이나 학교를 갈 수 있을까?', '아이가 어린데 신랑이 봐줄 수 있나?', '석사과정 성적이 좋지 않은데 떨어지면 어떡하지?' 안 되는 이유를 스스로 만들었다. 자신도 없었다.

"합격하면 그때 가서 고민해."

신랑의 한마디였다. 합격하지도 않았는데 합격하고 난 이후를 고민하는 것도 우습긴 했다. 결국 신랑의 지지로 응시를 했다. 며칠 후, 서류 전형 합격 문자를 받았다. 면접까지 합격해야 입학할 수 있었다. 하루 휴가를 내고 면접을 보러 갔다. 집에서 두 시간 소요되는 곳에 위치한 학교, 합격을 하더라도 2시간 30분 강의를 듣기 위해 하루 네 시간을 왕복해야 했다. 교정에는 면접을 보러 온 듯한 사람들이 가득했다. 면접 대기실은 적막했다. 누구 하나 서로에게 인사조차 하지 않았다. 면접장을 들어가자 세 명의 교수가 앉아 있었다. 전공을 왜 선택했는지, 지금하고 있는 일은 무엇인지 물어봤다.

면접 다음날부터는 하루에도 몇 번씩이나 학교 홈페이지에 들어갔다. 발표날은 정해져 있는데 혹시 하루라도 빨리 발표할까 싶어서였다. 접속하고 또 접속했다. 수험번호를 몇 번이나 화면에서 검색했다. 월요일, 오랜만에 신랑과 아이를 데리고 성남에 위치한 음식점으로 점심을 먹으러 갔다. 먹을 음식을 접시에 담고 있는데 핸드폰 진동이 느껴졌다.

'합격을 축하합니다'

결국 '하는 것의 힘'이다. 주변에는 말로는 몇 번이고 학업을 계속하고, 자격증을 따고, 다이어트를 하는 사람들이 많다. 그들은 꿈을 이루고자 하는 마음에 말은 내뱉지만 실제로 행동으로 옮기는 사람은 많지 않다. 스스로에게 나쁜 결과를 가져다주는 부정적인 말보다는 그 에너지를 행동으로 옮겨서 사용해야 새로운 기회는 계속 생긴다.

나의 욕망을 채워주는 기회

 질문을 던져준 책　구본형 《익숙한 것과의 결별》
그 속에서 만난 질문　시간 내어서 돌보고 있는 나의 욕망은 무엇인가?

첫째 아이를 낳고 아이가 만 2세가 될 때까지는 다시는 되돌아가고 싶지 않은 시기이다. 작디작은 아이의 모습이 그립기는 하지만 말이다. 출산 후 8개월 만에 복직을 했기 때문에 출근 후 직장에서 업무에 에너지를 쏟기 위해서는 잠자는 시간이 확보되어야 했다. 인간은 가장 기본적인 욕구가 충족되지 않으면 예민해진다. 첫째 아이인 훈이는 갓난아기일 때부터 돌을 지난 시점까지도 한 시간에 한번 잠에서 깼다. 잠깐 울고 다시 잠드는 것이 아니라 허리를 기역자로 휘고, 다리를 천장까지 올리면서 큰 소리로 울었다. 적당히 울어야지 '울다 다시 잠들겠지'라며 기다려주겠지만, 아이의 울음은 항상 그 이상이었다. 돌이 지나고 나서는 인터넷에서 온갖 민간요법을 찾아서 행동으로 옮겼다. 호박 목걸이가 심신 안정으로 잠을 잘 자게 해준다고 해서 호박 목걸이를 오만 원 넘은 금액을 주고 사서 아이에게 걸어줬다. 아이가 심리적인 불안감으로 그런가 싶어서 정신병원 또는 센터를 갈까 생각도 했다. 결국, 한의원에서 가서 맥을 잡고 한약도 지었다. 하루하루가 지옥 같았는데 그 순간을 겪어보진 사람들이 참 쉽게 하는 말이 있었다.

"시간이 다 해결해줄 거야."라는 말이다. 듣기 싫었다. '본인이 겪어보라지. 본인이 한번 아이를 하루만 데리고 잠을 자 보라지.'

이랬던 내가 잘 자지 않는 아이가 걱정이라고 말하는 초보 엄마들에게 똑같이 말하고 있다.

"걱정 마요. 시간이 해결해줄 거예요."

코넬 대학의 심리학자 토머스 길로비치와 빅토리아 메드백은 교수, 학생, 교직원들로 구성된 집단에게 지금까지 살아오면서 후회되는 것이 무엇인가를 물었다. 대상자의 75%가 하지 못한 일에 대한 후회를 이야기했다. 예를 들어, 공부를 더 하지 못한 것, 그때의 도전 기회를 놓쳐버린 것, 가족이나 친구와 더 많은 시간을 갖지 못한 것 등이다. 반면 대상자의 25%는 자신이 한 일에 대한 후회를 선택했다. 자신이 어떤 행동을 한 결과로 인한 부정적인 감정은 현실에 반영되어 있다. 예를 들어, 어떤 행동 후에 손해를 보더라도 '좋은 공부를 한 셈 치지'라며 합리화한다. 하지만 행동하지 않은 긍정적 예측은 상상 속에서 계속된다. '그때 용기를 내서 선택을 했더라면'라는 후회가 감정에 영향을 미친다. 꿈도 마찬가지다. 하고 싶다고 생각한 것들은 용기내서 해보자. 꿈으로 남길 것인가, 아니면 해냈다는 성취감과 혹시 생각했던 것과 다르더라도 그것 또한 다른 꿈에 발판으로 만들 수 있다.

"당신 요새 사춘기 같아."

모임에 다녀온 이후 표정이 없었다. 나는 고민이나 생각이 많아지면 말이 없어지는 편이다. 어디서부터 말을 꺼내야 할지 몰라서 고민하고 있으니 신랑이 꺼낸 말이다.

"내가 잘하는 것이 무엇인지 잘 모르겠고, 나는 어떤 사람인지도 잘 모르겠어. 그러게 딱 사춘기 증상이네."

청소년들에게, 20대에게 "꿈을 가지세요"라고 진로 강연을 하고 있는 사람이 본인의 진로를 고민하고 있다니. 조직에 있을 때는 일 년 단위로 만들어 놓은 계획서를 확인하며 주어지는 일을 하면 되었다. 때로는 원하지 않게 밀려오는 업무가 있었지만, 그런 일을 완료해놓고 나면 '잘한다'라는 피드백을 받을 수 있었다. 퇴사 후, 주업무인 강의로는 나의 일 욕심을 채울 수 없었다. 무언가가 부족했다. 시무룩해져 있는 나를 보고 신랑은 이야기했다.

"뭐라도 제대로 끝냈으면 좋겠어. 책을 다 쓰든지, 논문을 쓰든지. 뭐 하나를 끝내서 그로 인한 성취감을 당신이 찾으면 좋을 것 같아."

나에 대한 긍정적인 감정을 타인으로부터 충족시키려고 하는 것이 문제였다. 스스로를 칭찬하기보다는, 타인의 칭찬에 목마른 듯한 사람이 바로 나였다.

서점 매대에는 《인적성검사 기출 문제》가 한자리를 차지하고 있다. 다른 사람들과 구분되는 지속적이고 일관된 독특한 심리 및 행동 양식을 뜻하는 인성과 일정한 훈련에 의해 숙달될 수 있는 개인의 능력인 적성을 기업에 입사하기 위해 기출 문제를 달달 외우고 풀어서 준비하고 있다. 대기업 입사라는 꿈에 도달하기 위한 빠르고 쉬운 길이 기출 문제집이 되어가고 있다. 그렇게 해서 대기업을 입사하고 앞으로의 인생이 탄탄대로가 되면 좋을 텐데 나를 성공인으로 만들어 줄 것이라고 생각했던 직장은 업무나 관계에서 어려움을 느끼고 퇴사를 하게 만드는 원인이 되기도 한다. 포털사이트 〈사람인〉에 따르면 기업 576곳을 설문조사한 결과 최근 1년간 직원 퇴사율은 평균 17.9%인데 이중 반 이상이 1년 차 이하의 신입사원이었다고 한다. 그 안에서 살아남는다고 해도 같은 날 입사한 동료보다 조금이라도 더 빨리 승진하기 위해 학생 때와 마찬가지로 레이스 위에서 달리고 또 달린다.

내가 일을 하는 이유를 알아차리는 것은 직업소명을 갖게 하는 일이고, 나의 일을 가치롭게 여기는 일이다. 오랜만에 만난 대학원 동기가 물었다.

"청소년지도사가 왜 되고 싶었던 거예요?"

대학교 취업 컨설턴트로 일하고 있는 그는 아마 '청소년지도사'라는 직업을 원하는 학생을 만났던 것 같다.

"학창시절부터 청소년을 만나는 일을 하고 싶어 했어요. 상담 공부를 하기 위해 대학을 입학했는데 자원봉사랑 실습을 하다보니 상담보다는 지도가 더 재미있더라고요. 그래서 취업을 청소년지도사로 했어요. 청소년 만나는 직업을 왜 선택하게 되었는지는 중학교 2학년 때 일 때문이에요. 그때 따돌림을 당했거든요. 나의 이야기를 들어줄 어른이 한 명이라도 있었으면 좋겠다는 생각을 했고, 내가 어른이 되면 그런 사람이 되어줘야지 싶었어요."

"심각한 일을 왜 이렇게 아무렇지도 않게 이야기해요."

"청소년들을 대상으로 직업인 특강을 하다 보면 선생님이 물어본 거처럼 내가 왜 이 직업을 하게 되었는지 이야기해야 될 일이 많거든요. 그때마다 이야기해서 그런지 이제는 아무렇지도 않아요."

이탈리아 토리노 박물관에는 제우스의 아들이자 기회의 신 '카이로스'의 조각상이 있다. 그 조각상 밑에는 이렇게 적혀 있다고 한다.

'나의 앞머리가 무성한 이유는 사람들이 내가 누구인지 금방 알아차리지 못하게 하고, 나를 발견했을 때에는 쉽게 붙잡을 수 있게 하기 위해서다. 나의 뒷머리가 대머리인 이유는 내가 지나가면 다시는 나를 붙잡지 못하게 하기 위해서이다.'

기회는 나타나기 전에 먼저 그 기회를 포착하고 준비해야 한다. 기회opportunity의 어원은 도시나 상업의 장소로 물이 들어오는 입구라는 뜻을 지닌 'port항구'이다. 옛날에 항구는 조수와 바람의 상태가 좋은 날에만 열렸다. 그날은 무역을 하거나 침략할 수 있는 절호의 기회였다. 그러나 항구는 누구에게나 마냥 열려 있는 것은 아니었다. 항구가 언제 개방되는지를 주시하고, 살펴보는 사람만이 항구를 이용할 수 있었다. 눈과 귀를 열고 기회가 오기만을 기다린 자만이 기회를 잡을 수 있다. 살면서 누구나 '아, 그때가 그 기회였는데' 또는 '그 기회를 잡았어야 하는데'라고 생각했던 적이 있을 것이다. 그것을 알기에 나는 나에게 온 기회는 부족한 감이 있다고 생각되더라도 바로 잡았다. 나는 내가 이루고 싶은 것들을 위해 얼마나 시간을 투자하고 있나. 다른 일, 가정, 역할 등을 다 수행한 다음에 남는 시간에 하고 있지 않은지에 대한 반성적 사고가 필요하다. 기회를 실패가 아닌 성공으로 만드는 데 필요한 것은 단 한 가지, 바로 긍정적인 사고방식이다. 믿는 사람만이 꿈을 이룰 수 있다.

하지 않은 것에 대한 후회

질문을 던져준 책   브렌든 버처드 《메신저가 되라》
그 속에서 만난 질문   메신저로서의 삶을 살기 위해 지금 당장, 내가 해야 하는 일은
무엇인가

    대학교 시절, 나는 학과 수업이나 활동보다는 학과 외에 활동에
관심을 두었다. 동아리 활동은 학과 동아리가 아닌 다른 학과 선배와
후배, 또래들을 만날 수 있는 중앙 동아리에서 활동을 했다. ADID라
는 광고 동아리였다. 청소년 전공이고, 미술 감각은 하나도 없는 내
가 3월 벚꽃이 흩날리던 교정에서 신입생을 모집하기 위해 홍보문을
돌리던 선배들에게 관심을 갖게 되었기 때문이다. 학과 수업 외 공강
시간에는 동아리방에서 보냈고, 2학년에는 자연스럽게 동아리연합회
위원으로 활동하게 되었다. 직책을 맡게 되다보니 학과는 더욱 더 뒷
전이 되었다. 학과 동기들은 청소년 기관에 자원봉사활동을 다니거
나 학과 선배들과의 시간을 보내고 있었다. 3학년 때는 총동아리연
합회 부회장으로 출마를 하게 되었다. 임원이 되고 싶었던 이유는 단
한가지였다. 당선이 되면, 한 학년 등록금을 장학금으로 대체할 수

있었기 때문이다. 졸업을 할 때가 되니, 청소년 기관에서 근무하고 있는 선배들과의 인맥이 아쉬웠다. 만일 대학교 때 내가 과외 활동이 아닌 학과 활동에 중점을 두었다면, 지금 내 인생은 어떻게 달라졌을까? 지금 나는 어느 곳에서 일하고 있을까? 결과는 알 수 없다. 어쩌면 나는 '대학교 때 너무 학과 생활만 했던 거 같아. 다른 활동도 해볼걸'이라며 후회하고 있을지도 모른다. 가보지 않은 길에 대한, 해보지 못한 일에 대한 후회는 어느 길을 걸었던 반대편 길을 갈망할 테다.

후회는 '한 일에 대한 후회regret of action'와 '하지 않은 일에 대한 후회regret of inaction'로 구분해야 한다고 미국 소트웨스턴 대학교 심리학과의 닐 로스Neal j roese 교수는 주장한다. '한 일에 대한 후회'는 오래 가지 않는다. 이미 일어난 일이기 때문에 결과가 원하는 만큼 나오지 않았거나, 상상 이상으로 엉망이더라도 가치를 정당화할 수 있기 때문이다. 그러나 '하지 않은 일에 대한 후회'는 쉽게 정당화되지 않는다. '한 일에 대한 후회'는 내가 한 행동에 대한 결과만 생각하면 되지만, '하지 않은 일에 대한 후회'는 '아…….. 내가 그 일을 했다면'이라며 그 이후에 얻어지는 결과에 대한 상상이 너무 많기 때문이다. 《인생수업》의 저자 엘리자베스 퀴블러 로스는 임종을 앞둔 사람들이 가장 많이 하는 후회는 '하지 않은 일'에 대한 후회라고 한다. 가끔은 수많은 길 중에서 뻔한 결과가 보이는 길은 회피하고 안전한 길만 선택하게 될 수도 있다.

"일하면서 관련 자격증 취득했던 것들 아깝지 않아?"

"응, 아깝지 않아."

평생 이 일만 하면서 살 것이라는 마음으로 취득한 자격증은 아니었다. '왜, 아깝지 않을까?'라는 질문을 스스로에게 던져보았다. 아마도, 후회하지 않을 정도로 일에 집중했기 때문이라고 생각한다. 10년에 한번 직업을 바꾸어가며 사는 삶을 상상했었다. 10년이 된 지금, 업에 대한 고민을 하고 있다.

대기업도 희망퇴직을 받는 시대이다. 평생직장이 없다고 이야기하던 것을 넘어서, 평생 직업이 없다고 이야기한다. "한 우물만 파라", "일만 시간의 법칙" 등 한 직종에서 평생을 바라보아야 했던 시대가 저물어간다. 짧게는 십 년, 길게는 수십 년간 한 가지 직종에서 몰두해 전문가가 되기보다는 수입이 보장되는 직업과 좋아하는 일을 병행하며 생활하는 'N잡러'가 확산되고 있다. 최근에는 융합형 인재를 찾는 4차산업혁명으로 인해 필요에 의해서 일을 함께하고 다시 각자의 일로 돌아가는 형태가 많아지고 있다.

근무하던 기관에서 육아휴직기간이었던 2013년 12월. 활동적이었던 나는 출산과 육아를 이유로 집에만 있는 것이 답답했다. 육아도 나에게는 일이었지만 아무것도 하지 않는 것 같은 생각은 떨칠 수가 없었다. 평소 TV 시청을 잘 하지 않는다. 그나마 시간이 지나는지도 모르고 하는 것이 인터넷 검색인데 그마저도 생산적이지 못하다는 생각이 드는 순간에는 그만둔다. 그런 내가 육아를 핑계로 아무것도 하지 않는 것은 답답한 일이었다. 세상에 태어난 지 얼마 되지 않은 아기는 내 뜻대로 키워지지 않았다. 유모차에 누워서 곤히 자는 모습과 분유를 먹고 자리에 누워서 곤히 자는 모습은 TV에서만 보거나 책에서만 보는 이상적인 아기였다. 아이는 말 그대로 '등센서'가 발달한 아기였다. 낮에도 밤에도 품에 있었다. 나의 일상은 신랑이 출근한 후에 하루를 시작한다. 설거지를 하고 청소기를 돌리고 나면 금방 아기가 잘 시간이 된다. 잠투정을 하는 아기를 아기띠로 안는다. 금방 잠이 든다. 잠이 든 아기를 이불에 내려놓으면 귀신같이 알고 아기는 눈을 뜬다. 그렇게 하루에 몇 번을 아기띠로 아이를 재워서 내려놓고 다시 깬 아기를 안는다. 아기를 안은 상태에서 텔레비전을 보거나 핸드폰을 만지면 몸은 편했을지도 모르지만 아기를 안고 책을 읽었다. 몸은 힘들었지만 마음은 편했다. 국가 자격증 공부를 시작했고, 독서를 하면서 낮 시간을 보냈다.

하고 싶었던 일 중 하나가 대학교에서 강의하는 것이다. 2013년 겨울 끝 무렵, 평소에 우리 부부를 아껴주시던 분께 전화가 왔다. 집 근처에 있는 대학에 시간강사 의뢰가 들어왔는데 심현아 선생이 하는 게 어떻겠냐는 제안이었다. 드림리스트에 2020년을 목표로 잡았던 것이 7년이나 빨리 기회가 온 것이다. 기회는 갑자기 오지 않았다. 나는 대학에서 필요로 하는 과목을 강의할 수 있는 경력이 그 시기에 있었다. 입사 후, 4년차가 되던 해에는 대학원 공부를 시작했다. 처음 원서를 썼던 전공은 평생교육이다. 대학원도 대학처럼 온라인 수업이 많았기 때문에 선택할 수 있는 범위는 넓었다. 오프라인 대학원이 긴장하고 공부에 집중할 수 있었겠지만, 입사 연차가 오래 되지 않은 내가 일에 최대한 영향을 주지 않는 선에서 선택 가능한 것은 온라인 대학원이었다. 평생교육 전공 대학원은 면접을 볼 기회도 주어지지 않았다. 1차 서류전형에서 불합격한 것이다. 바로 다른 학교를 알아보았고 서류 전형을 합격한 곳이 서울사이버대학교였다. 전공은 상담학과였다. 기관에서 함께 근무하던 팀장님은 사회복지전공으로 나란히 면접을 보았고 청소년 축제를 진행하던 12월 어느 날, 둘 다 합격 문자를 받았다. 5학기 동안 일과 공부를 병행하면서 휴학의 위기도 있었다. 온라인 수업이었지만 매 학기마다 있는 세미나에도 참석하지 못할 만큼 업무와 일정이 많았기 때문이다. 시작하면 끝이 있다고 했다. 휴학 한번 없이 졸업을 했다. 대학교 강의 기회는 대학원 졸업하고 석사 학위를 취득한 후 반년 만에 온 기회였다. 아이는 어렸다. 개강까지 2개월도 남지 않은 시기였다. 오래 고민하지 않고 기회를 잡았다.

당신도 인생 혹은 비즈니스에서 무언가를 깨닫고는 이를 다른 사람들과 나누고 싶다는 꿈을 품어보지 않았는가. 다른 사람들을 이끌어주는 행위가 의미 있는 삶으로 향하는 길이라는 것을 이미 눈치 챘지만 구체적인 실현 방법이 보이지 않아 그저 꿈으로만 남겨두지 않았는가.

브렌든 버처드 작가의 《메신저가 되라》를 읽었던 2013년, 책을 읽고 나서 이끌어 주는 삶을 살기 위해 선택했던 포인트는 꿈, 비전, 리더십, 그리고 진로였다. 그로부터 5년 뒤인 지금도 크게 바뀐 것이 없으나 대상이 바뀌었고 방법이 바뀌었다. 방법이 바뀐 것이 방향 자체가 흔들렸다고 생각했던 적도 있다. 하지만, 내가 지금 이 책을 쓰고 있는 지금도 결국 누군가에게 비전과 꿈에 대해 이야기하고자 함이 아닐까 싶다.

우리의 사명은 훌륭한 가치와 정보를 제공해 사람들의 삶과 사업을 향상시키는 것이다. 내가 가진 경험과 지식을 메시지로 만들어 다른 이들에게 전달하는 메신저로서의 삶이 결국 내가 글을 쓰는 이유이고, 강의를 하는 이유이다. 메신저는 자신의 생각을 나누고 다른 사람들을 도우려는 강한 열망을 가지고 있다.

평생교육과 자기계발에 시대이다. 평생 배우고 얻은 지식들을 가지고 살아가기보다는 그러한 경험과 지식을 나누면 성장할 수 있다. 나의 경험들은 쓰잘데기 없지 않다. 강의를 통해, 글과 책을 통해 메신저로 한 걸음씩 나아가는 길에 여러분도 동행할 수 있기를 바란다.

'다 너를 위해서야'라는 거짓말

질문을 던져준 책 양창순 《나는 까칠하게 살기로 했다》
그 속에서 만난 질문 우리는 '다 너를 위해서 하는 말이야'라는 말을 얼마나
남발하고 있는가

　첫째를 낳고 2주간 병원 생활을 하고 퇴원 후, 친정에서 한 달간 몸을 챙기고 집으로 돌아와 나와 아이만 덩그러니 남았다. 병원에 있을 때는 조리원 간호사들이, 친정집에서는 친정엄마가 기저귀 갈기, 목욕시키기, 수유 등의 육아를 함께했기 때문에 어려움을 느끼지 못했다. 하지만 이제 오롯이 내 몫이었다. 직장 생활을 하는 동안에는 도도하고 자신감 있고 무엇이든지 잘하는 커리어우먼이었지만, 엄마 역할은 완전 초보였다. 대학생 때 아동발달심리를 전공과목으로 배웠으나 시험을 치르기 위해 달달 외웠던 내용은 아무짝에도 쓸모없었다. 애착 형성도, 아이의 발달단계도 우리 아이한테는 해당사항이 없었다. 의지할 곳이라고는 인터넷과 책뿐이었다. 엄마들이 모여 있는 게시판에 글을 남겼고, 전문가들이 쓴 책들을 마구잡이로 구입해서 읽었다.
　'아기가 잠을 안자요.', '아기가 열이 나는데 병원에 가야 될까

요?', '아기가 자꾸 우는데 어떻게 하죠?' 등 인터넷에 질문을 올렸다. 육아서적대로라면 아기는 그때 밤에 깨지 않고 잘 잤어야 했다. 하지만 밤에 수십번 울면서 깼고, 우리 부부는 점점 잠이 부족해졌다. 그러면 그럴수록 육아서적에 기댈 수밖에 없었다. 질문할 수 있는 사람이 없었고 무엇이 정답인지도 몰랐기 때문이다. 책으로 육아를 하는 것이 의미가 없다는 것을 깨닫기까지는 꽤 오래 걸렸다. 책이 참고가 될 수는 있겠지만 아기를 그 책에 맞출 필요는 없다는 것을 인정하기가 어려웠다.

대학교 전공은 '청소년학'이었다. 초등학교 때부터 꿈꿔왔던 장래희망과는 전혀 다른 길이었다. '선생님'이라는 막연한 장래희망에서 '국어교사'라는 꿈으로 세분화되었던 고등학생 때는 그와 관련된 준비만 했다. 관련 대학을 검색하고, 그 대학에 있는 전공을 살펴보는 정도였다. 그러면서 한 가지 더 '해보고 싶다'라고 생각했던 것이 학생 상담이었다. 중학교를 꽤 큰 학교에 입학했다. 한 학년에 13반까지 있는 학교였고 당시에는 한 반에 50명의 학생이 함께 공부를 했다. 그러다 보니 학급을 꾸려나갈 임원을 회장, 여자부회장, 남자부회장 이렇게 세 명을 선출했다. 여자부회장으로 선출되어 활동할 만큼 나는 리더십이 있었고 다른 사람들 앞에 나서길 좋아했다. 아버지가 타지역으로 전출되면서 온 가족이 이사를 했다. 전학을 간 학교는 한 학년에 삼 반까지 있는 작은 학교였다. 작은 지역에서 나고 자란 아이들이 입학하는 중학교였다. 유치원 친구가 초등학교 친구가 되고, 초등학교 친구가 중학교 친구가 되는 학교다 보니 타지에서 전학 온 나는 이 방인이 될 수밖에 없었다. 전학 온 나를 담임 선생님은 반장에게 연결해주었다. 반장은 잘 챙겨주었다. 도시락도 같이 먹었고 집에 놀러갔었다. 그런 생활이 오래가지 않았다. 처음부터 성격이 맞지 않아 함께 있는 시간을 점점 줄이고 멀리 하게 되었다. 대신 나와 맞는 친구들과 친해졌다. 그런 나를 반장은 못마땅해 했다. 반장을 중심으로 학교에서 영향력이 있는 친구들에게 미움을 산 것이다. 중학교 3학년 봄. 어느 정도 익숙해진 학교생활에 선도부를 맡았다. 점심시간에 담배 피는 학생은 없는지, 점심을 먹지 않고 학교 밖에서 배회하고 있는 학생은 없는지 확인했다. 점심시간이 끝나갈 무렵 돌아간 교실에서 내 책상 위를 보았다. 모래가 가득한 책상을 지금도 잊히지 않는다. 누가 그랬는지 뻔했다. 하지만 티내지 않았다. 나를 불쌍하게 쳐다보는 친구들의 표정이 느껴졌다. 최대한 아무렇지 않게 행동해야 했다. 내가 화를 내거나, 우는 것은 책상 위에 모래를 올려놓은 아이들이 원하는 모습일 테니까 가깝게 지내던 친구들이 와서 모래를 터는 것을 도와줬다. 그 일은 선생님께도 말씀드리지 못하고 지나갔다.

그로부터 며칠 뒤 체육대회가 있는 날이었다. 체육대회가 끝난 뒤 중학교 근처에 있는 초등학교로 오라고 하는 이야기를 들었다. 나에게 아직도 할 말이 많았는지 모래를 올려놓은 아이들이 불렀다. 혼자 나갔다. 친구들에게 이야기할 수도 없었고, 선생님께는 더더욱 말씀드릴 수가 없었다. 초등학교 운동장에서 나를 둘러싸고 불평과 불만을 이야기하던 아이들은 왜 그리 화가 났는지 목소리만 높일 뿐이었다.

"한 사람씩 이야기해! 내가 대답을 해줄 수가 없잖아!"

아이들은 어이없다는 표정이었다. 많은 사람들 앞에서 주눅 들지 않고 이야기하는 내가 당황스러웠을 것이다. 한 사람씩 이야기하라고 하자 실제로는 할 이야기가 없었는지 아이들은 돌아갔다. 긴장이 풀린 나는 그 자리에서 털썩 앉아버렸다. 어려움을 나눌 어른이 없다는 것이 속상했다. 그저 내 이야기를 들어줄 수 있는 사람이 있으면 좋을 텐데. 그 이후로 교사로 근무하면서 학생들을 상담해주는 역할까지 하는 사람이 되고 싶다는 꿈이 추가되었다. 국어교사와 상담사만이 전부라고 생각했지만, 고등학교 입시는 전혀 다른 길로 준비했다. 모의고사 점수는 원하는 학교와 학과를 가기에는 턱없이 부족했고 수시를 준비하고 1학기에 하향지원을 해 입학한 곳이 바로 청소년학과이다.

10대였던 나를 돌이켜보면 중학교 졸업을 얼마 남지 않았을 당시 고등학교 입학을 준비할 때부터 본격적인 진로고민을 했던 것 같다. 초등학교와 중학교는 지역에 따라 입학을 하기 때문에 학생에게 결정권이 없지만, 고등학교부터는 대학 입시여부와 성적에 따라 결정권이 주어진다. 물론 원하는 고등학교지만, 학교에서 커트라인으로 잡고 있는 성적에 미달하면 입학할 수는 없다. 중학교 3학년 담임 선생님의 부름에 교무실을 찾아갔다. 그곳에는 담임 선생님과 처음 뵙는 분이 계셨다. 지역에 위치한 여자고등학교 입시담당 선생님이라고 자신을 소개했다. 그때까지 나는 지역에 남녀공학 학교를 입학할 생각이었다. 입학을 위한 성적도 충족했고, 학교에 면학 분위기가 좋아서 앞으로 대학교 입시를 준비할 때 도움이 될 것 같았다. 여자고등학교 선생님과 담임 선생님은 내게 "남녀공학 학교를 가서 중하위권을 할래, 아니면 여자고등학교를 가서 중상위권을 갈래?"라고 질문을 하셨다. 성적이 우수한 중학생들이 모여서 입학하는 남녀공학을 가게 되면, 옆 친구보다 배로 노력해야 할 것이라는 이야기였다. 흔들렸다. 여자고등학교에 면학 분위기가 좋지 않은 것도 아니었기 때문에 고민해볼 만한 부분이었다. 그 한마디에 여자고등학교에 입학했다. 두 번째 진로고민은 고등학교 1학년 말이었다. 이과냐 문과냐에 대한 선택이었다. 여고였기 때문에 문과 비율이 높았다. 수학포기자였던지라 이과를 갈 생각은 없었다. 당연히 문과를 선택했다. 앞으로 대학 전공과 직업 선택 시에 영향을 미칠 수도 있다고 생각하고 친구들은 오래 고민했다. 10대 말에 자신의 선택이 남은 인생을 결정내릴 것만 같은 불안감도 있었다.

남자 두 명 이상만 모이면 이야기하는 주제가 있다. 군대 이야기, 축구 이야기, 군대에서 축구한 이야기이다. 친구네 가족과 여행을 가서도 분위기가 어느 정도 무르익으면 자연스럽게 군대 이야기가 나온다. 둘 중에 한 명이 미필이거나, 두 명의 보직이 다르거나 하면 바로 다음 화제로 넘어가지만, 사소한 것이라도 공통점이 있으면 더욱더 열을 올려가며 이야기한다. 우리는 타인의 마음을 공감하는 태도를 강요받으며 살고 있다. 공감은 상대를 이해하는 것이고 동감은 상대와 똑같이 느끼는 것이다. 사람들은 흔히 공감과 동감을 동일시하는 경향이 있다. 맛있는 음식을 상대방이 먹고 맛있다고 느끼고 나 역시 같은 음식을 먹은 후에 맛있다고 느끼면 동감이다. 반면, 상대는 음식을 먹었지만 나는 먹지 않은 상태에서 상대의 동작, 표정 등을 통해 맛을 공유하는 것이 공감이다. 공감은 상대방과 의견이 다른 경우에도 그 사람의 처지를 이해하는 것이다. 공감한다고 반드시 동감하는 것은 아니다. 공감은 상대를 있는 그대로 수용하며 존중하는 마음이 중요하다.

학창시절에도, 대학생 때 만난 친구에게도 직장에서 만난 동료에게도, 그 외의 다양한 모임과 교육을 통해 알게 된 사이에서도 나는 은연중에 '받은 만큼 돌려받고 싶다'는 생각을 했다. 내가 상대방을 생각하는 마음과 상대방이 나를 생각하는 마음은 다르다. 애초에 서로를 마음에서 두는 위치가 다를 수 있고, 그에 대한 반응의 속도나 방법이 다를 수도 있다. 애정 가득한 마음을 건넸다 하더라도 반드시 돌아오는 것도 아닌데 나는 항상 상대방의 마음이 돌아오기만을 바랐다. 그 마음이 돌아오지 않으면 애초에 상대방은 시작한 적도 없었을 텐데 우리 사이는 끝났다고 생각했다. 그 정도뿐이 표현하지 못하는 상대방의 마음을 서운해 할 필요는 없다. 오히려 상대방의 반응을 기다리고 재가며 마음을 표현하는 나의 진심을 의심해 볼 필요가 있다.

인생강독

질문을 던져준 책　　공병호《인생강독》
그 속에서 만난 질문　내가 겪은 역경을 통해 타인에게 전하고픈 이야기가 무엇일까?

연예인이나 주변 사람이 세상을 스스로 등지는 일이 가끔 생긴다. 연예인보다 충격으로 다가오는 것은 지인과의 헤어짐이다. 며칠 전까지만 해도 행복한 얼굴로 SNS에 사진을 올리고, 개인 또는 업무에서 성과를 내고 있었다면 더더욱 충격이 크다. 사람이 쉽게 하는 이야기 중 하나가 '죽을 용기 있으면 그 용기로 살지'이다. 그 사람의 어려움이나 힘든 일은 아무것도 아니라며 말이다.

책을 쓰거나 강의 준비를 할 때 내가 어렵게 느끼는 것 중 하나가 '스토리텔링'이다. 열심히 살았지만, 평범하다면 평범하다고 할 수 있는 것이 나의 과거 그리고 인생이다. 학창시절에도 친구들이 다 겪는 부모님과의 갈등 정도만 있었을 뿐이다. 어제와 같은 오늘, 오늘과 같은 내일이 축적되다 보니 다른 사람들을 동기부여 하도록 만드는 나의 이야기가 없다고 생각한다.

힘든 일에 대한 기준은 사람마다 다르다. 당사자가 느끼는 힘든 일의 수준을 다른 사람이 쉽게 생각해서는 안 된다. 어려움으로 인해 생긴 개개인의 감정은 결국 '나는 이 상황에서 빠져 나오지 못할 것이야', '왜 나에게만 이런 일이 생기지?'라며 일의 본질을 보는 사고를 정지시켜 버린다. 중요한 것은 어려움 있는 그대로를 바라보고 비슷한 상황에 처해 있던 사람들이 어떻게 어려움에서 벗어났는지를 찾아본다면 지혜롭게 극복할 수 있을 것이다.

둘째를 낳고 다니던 직장과 멀어지면서 퇴사를 했다. 집에 있는 시간이 많아지고 주위를 돌아볼 여유가 생기니 첫째 아이의 교육이 신경 쓰였다. 전적으로 어린이집에 맡길 수는 없었다. 한글은 쓸 줄 아는지, 숫자는 올바르게 세고 있는지 궁금했다. 인터넷을 하다보면 지금 관심을 가지고 살펴볼 만한 학습지가 눈에 띄었다. 방문 교사가 집을 오고, 수준에 맞는 학습지를 10~15분 같이 풀어주고 나머지는 과제로 내주던 식이었던 과거와는 달리 요새 학습지는 시대에 맞춰 디지털 기기가 기본으로 제공된다. 일주일 정도 무료체험 기회가 있어서 두 개 학습지를 신청했었는데 큰 아이는 흥미를 갖지 않았다. 책 읽는 습관이라도 생기면 좋겠다는 생각에 책 몇 권을 체험신청을 했고 담당 영업팀이 집으로 찾아왔다. 이제 막 6살이 되었고, 스트레스를 받지 않는 선에서 교육을 시켜주고 싶었기 때문에 학습 자체보다는 독서의 중점을 두고 상담을 해주길 원했다. 하지만 담당자는 기-승-전-학습이었다. 생각보다 많은 학부모들이 아이들의 교육과 학습에 관심을 갖는 듯했다. 그렇게 해야지 더 많은 고객들이 주문을 하기 때문에 학습을 중점적으로 설명하는 것 같았다. 큰 아이는 책 읽는 습관을 길러주겠다며 서점을 데리고 가도 책보다는 그 옆에 있는 장난감에 관심을 갖는다. 그 또래 아이들은 모두 그렇다고 생각한다. 아이들이 바라보는 방향과 부모들이 바라보는 방향이 다르다.

지현이는 배우고 싶은 전공이 있었다. 막연하게 '배우고 싶다'는 생각은 있었으나, 그 전공이 아니면 안 되는 정도는 아니었다. 돈은 벌고 싶었다. 그래서 선택한 것이 취업이었다. 시내에 있는 식당에 외식을 하러 가면 지현이가 안 보이는 곳이 없었다. 하루는 삼겹살집에서 하루는 냉면집에서. 어떻게 된 것이냐고 물어보니, 두 식당의 사장이 동일하다고 했다. 냉면집은 점심시간에 손님이 많고, 삼겹살집은 저녁시간에 손님이 많다 보니, 시간마다 근무하는 곳이 달랐다. 며칠 뒤, 휴가라며 같이 점심을 먹고 싶다고 전화가 왔다. 지현이는 아르바이트가 아닌 정식 직원으로 일하고 있었지만, 법적으로 보장되어 있는 휴가를 쓰기 위해서는 사장 눈치를 봐야 했다. 느껴지는 일의 강도에 비해서 급여가 적다고 했다. 그럼에도 '어쩔 수 없이' 그곳에서 계속 일을 해야만 했다. 다른 곳을 가도 마찬가지이기 때문이다. 식당, 핸드폰대리점 등 판매를 위한 노동이 필요한 곳만 갈 수 있는 상황이었다. "뭐가 하고 싶어?"라고 물으니 "커피 내리는 것을 배워서 카페에서 바리스타를 하고 싶어요."라고 했다.

주변에는 생각보다 집안 사정으로 인해 10대부터 취업을 생각하는 청소년들이 많다. 소현이도 마찬가지였다. 엄마와 오빠, 그리고 소현이가 가족 전부였다. 아버지는 10대 초에 돌아가셨다. 엄마 혼자 두 아이를 키우셨다. 소현이는 공부가 재미없었다. 그나마 흥미로웠던 것이 청소년 활동이었다. 자신의 주변 환경을 보지 않고 있는 그대로의 자신을 존중해주는 활동으로 인해 청소년지도사를 장래희망으로 생각했다. 원하는 직업과 그 직업을 위해서는 필요한 자격증이 있었지만 소현이는 노력하지 않았다. 집에서 대학교를 보내주지 못할 것이라는 마음이 자신을 억누르고 있었다. 중학교 때 성적으로 들어간 고등학교도 집과 멀었다. 고등학교 친구들은 학교에서도 담배를 피웠고, 저녁에는 만나 술을 마셨다. 환경은 소현이를 고등학교에도 적응하지 못하게 만들었다. 꿈과 현실은 따로따로 놀았다. 평일 오후와 주말에 만나는 어른들과 친구들은 "너는 청소년지도사가 딱이다. 그거 말고는 할 게 없어."라며 자존감을 키워줬지만 집으로 돌아가면 "너 대학 보내줄 돈 없어."라고 이야기하는 엄마와 오빠뿐이었다. 결국 소현이가 선택한 것은 3학년 2학기. 물류공장 취업이었다.

"언젠가는, 꼭 언젠가는 꿈을 이루기 위해서 노력해야지."

여성가족부 장관 명의로 나오는 청소년지도사 자격증은 1급과 2급, 그리고 3급이 존재한다. 청소년 기관에서 근무하기 위해서는 필요조건이지만 지역에 따라 필수조건이 되지는 않는다. 국가로부터 인건비를 지원받아 기관마다 필수로 있어야 하는 배치지원사업으로 채용된 나는 2급이 필수조건이었다. 사람들은 기관에서 근무하기 위한 자격증만 취득한 이후에는 더 이상 학습하지 않는다. 나 역시 처음에는 조직에 적응하고, 일을 배워서 실행하는 것만으로도 바빠 자기계발은 생각하지 못했다. 오전 9시부터 오후 6시까지 근무를 하고 저녁 당직까지 하는 날도 있다. 주말에는 더 바쁘다. 어느 정도 연차가 쌓여 근무가 손에 익히기 전까지도 상급 자격증을 취득해야겠다는 생각이 들지 않았다. 기관 입장에서는 직원이 공부를 시작하면 '이 직원이 다른 곳으로 이직하려고 하나?'와 '자기계발을 할 만큼의 여유가 있나 보지?'라고 생각한다.

10년 동안 내가 청소년지도사로 근무하던 직장은 공부를 하는 분위기였다. 기관장님께서 모범을 보이셨다. 9시에서 2시간 전인 7시에 출근을 해 대학원 공부를 하거나 독서를 했다. 직원들도 서로를 독려했다. 서로에게 지속적인 학습을 할 수 있도록 동기부여를 했다. 정서적인 지지를 해주신 것이었다. 그러다 보니, 함께 근무하던 지도사들은 기관에 취직한 이후에 대부분 필수자격증 외에도 국가 자격증을 한 개 이상 취득했고, 대학원을 진학하거나 교육·연수를 통해 역량을 개발했다.

기관에서 근무한 지 만 3년이 되던 해부터 청소년지도사 1급을 준비했다. 1급 시험을 볼 수 있는 자격요건은 2급을 취득 후 3년의 경력이 있어야만 응시할 수 있다. 취득을 위한 기본자격이 되자마자 합격을 하겠다는 일념으로 공부를 했다. 난 커피를 잘 마시지 못했다. 가슴이 두근거리고, 밤에 잠을 설치기 때문에 기피하던 음료였지만 저녁 시간을 자격증 공부에 집중하기 위해 퇴근하던 길에는 항상 집

앞 편의점에서 커피를 사들고 들어갔다. 매일 새로운 커피를 사 마시는 재미도 있었다. 집에 도착하자마자 집안 정리를 하고, 저녁을 간단하게 먹고 바로 책을 폈다. 주변에는 유혹이 많았다. 핸드폰, 노트북, 텔레비전까지……. 핸드폰에 깔려 있는 SNS는 삭제했다. 스스로를 검열했다. 핸드폰을 켤 때마다 보이도록 '청소년지도사 1급 합격'이라는 문구를 바탕화면으로 설정했다. 청소년지도사 1급 자격증이나를 끌어당길 수 있도록 한 것이다. 마음이 흔들릴 때마다 노트를 펼쳐서 '청소년지도사 1급 합격!'이라는 단어를 쓰고 또 써내려갔다. 교재를 사진 찍어서 SNS에 시험 준비임을 알렸다. 꿈은 알릴수록 나에게 빨리 오기 때문이다. 2011년 12월. 컴퓨터 바탕화면에 적힌 글자는 '합격' 두 글자이었다. 합격률 10%밖에 되지 않는 자격증을 한번 응시하고 바로 합격한 것이다.

2012년 3월. 많은 하객들의 축복 속에서 백년가약을 맺었다. 없는 살림으로 시작한 우리였다. 보증금 3천만 원에 10만 원짜리 집이었다. 25년 된 빌라 4층, 승강기도 없었다. 신혼은 항상 행복했다. 출근 시간에 물이 나오지 않아도, 영하의 추위에 보일러가 터져도, 에어컨이 없이 여름을 보냈어도 말이다. 드라마틱한 변화를 원했던 것은 아니다.

청소년지도사 부부. 그때는 그게 최선이었고 앞으로도 그렇게 살 것이라고 믿었다. 돈에 대한 욕심도 없었고 돈을 모아서 첫아이를 낳을 때쯤이면 창문 사이로 바람이 들어오지 않는 집으로 이사 가는 것이 소망이었다. 아무렇지도 않게 담담하게 풀어낼 수 있는 지금. 나의 경험은 누군가에게 또 다른 이야기와 희망이 될 수 있을 것이라는 걸 그때도, 지금도 알고 있기 때문이다.

chapter 3

진짜 휴식을 갖다

책으로 여행하다

질문을 던져준 책 양창순 《담백하게 산다는 것》
그 속에서 만난 질문 부정적인 결과가 무서워서 시도도 해보지 않고 끝내버린 일이
있나요?

고등학교 3학년, 초등학교 때부터 막연하게 꿈꾸어 왔던 직업인 '국어교사'를 이루기 위한 첫 번째 단계를 밟는 시기였다. 국어교사가 되기 위해서는 사범대를 입학하거나 교직 이수를 위해 국어교육과를 입학해야 한다. 모의고사를 볼 때마다 언어영역은 점수가 높았으나 문제는 수리영역이었다. 나는 수포자, 수학 포기자를 넘어선 산포자였다. 산수 포기자. 수학능력시험을 응시해서, 국어교육과를 입학해야 하는데 모의고사를 보니 점수가 합격이라는 결과를 내게 안겨주지는 못할 것 같았다.

2016년 여름도 프로그램과 청소년 활동으로 인해 하루하루 바빴다. 초등학생 대상 진로 프로그램과 식습관 프로그램을 마치고 나면, 바로 중·고등학생 30여 명과 함께 야영장으로 1박 2일 캠프를 떠날

계획이었다. 업무만으로도 바빴던 시기였지만 핸드폰을 손에서 놓지 못했다. 출판사 대표와의 전화통화를 위해서였다. 연초에 마무리되었던 초고는 몇 번의 퇴고를 통해서 마무리가 되어가고 있었다. 막연히 생각만 했던 '심현아 지음'으로 된 책이 세상에 나올 준비를 하고 있었다. 이틀에 한번 꼴로 맞춤법을 포함해서 교정·교열을 했다. 동시에 표지 작업도 진행되었다. 3가지 표지 시안 중에서 고르는 작업은 가슴이 두근거렸다. 9월이 출간 예정일이었다. 신랑 생일이 있는 달이었기 때문에 의미가 있겠다 싶었다. 9월에는 온라인 서점에서 책이 검색되기 시작했고, 오프라인 서점에서도 책을 볼 수가 있었다. 대학원 수업을 위해 서대문역을 가던 중, 광화문 교보문고를 들렀다. 신간코너 매대에 누워 있던 《20대, 너는 어떤 모습으로 살아가고 싶니?》였다. 그 후 며칠 동안에는 인증샷이 SNS을 통해 전달되었다. 서평 이벤트를 했었던지라 블로그에 서평도 남겨졌다. 온라인 서점에서 주간베스트 158위에도 올랐다. 독서신문에도 기사가 올라갔다. 기관에서 일을 하고 있어서 기관과 연결되어 있는 기자들을 통해 보도자료도 냈다. 그게 끝이었다. 생각보다 많은 사람들에 사랑을 받지 못했다. 책을 내서 삶이 확 바뀔 거라는 기대는 하지 않았지만 실망스러웠다. 필력과 내용, 그리고 홍보까지 모든 것이 신경 쓰였다. 저자강연회를 준비하고 있었는데 걱정이 되었다. 원하는 그림은 교보문고에서 저자강연회를 하고 있는 내 모습이었지만 지금 상황에서는 어려웠다. 나를 잘 모르는 사람들이 와서 저자강연회를 들어주는 것도 좋았겠지만 나를 지지해주는 사람들에게 감사하는 마음으로 준비하기로 했다. 출판사와 상의하지 않고, 처음부터 끝까지 혼자 준비할 수밖에 없었다. 강연회 장소, 준비물, 참여해주시는 분들에게 감사의 선물로 준비한 텀블러, 현수막까지……. 그래도 행복했다. 저자강연회라니. 그동안 수없이 강의와 강연을 했지만 저자강연회는 특별했다.

10월 저자강연회 당일, 이천에서 강연회 장소가 위치해 있는 서울까지 대중교통을 이용했다. 텀블러와 책을 가져가야 했기 때문에 집에서 제일 큰 캐리어를 끌고 갔다. 정장을 입고 캐리어를 끌면서 버스와 지하철을 이용했다. 그나마 함께 간 신랑이 있어서 다행이었다. 강연회는 20명 정도 자리했다. 2시간 동안 책의 내용을 바탕으로 강의를 하고, 질의응답 시간이 있었다.

"일을 하며, 육아를 하며 책을 쓰는 것이 쉽지 않았을 것 같은데 그 시간을 어떻게 견뎌내셨나요?"

"꿈이었기 때문에 가능했습니다. 책을 쓰는 동안에는 힘들지 않았어요."

"20대에게 해주고 싶은 이야기가 더 있다면?"

"힘들어하지 않을 수는 없어요. 강요하고 싶지는 않아요. 되돌아보면, 저도 그때는 많이 힘들었던 것 같아요. 있는 그대로 물 흐르듯이 지내면 될 거 같아요."

저자 강연회를 기획하고 진행해본 적이 없었기 때문에 시작부터 어려웠다. 우선 대관료가 비쌌다. 금액을 정확히 알고 갔다면 당일날 당황하지는 않았을 것이다. 신랑이 금액을 물어보니, 우리가 생각했던 것보다 금액이 비쌌다. 제대로 안내해주지 못한 장소 담당자와 제대로 알아보지 우리 문제였다. 시간당 대관료가 있다 보니 금액을 낮출 수는 없다고 했다. 뜻 깊은 날이었고, 좋은 날이었다. 얼굴을 붉히고 싶지 않았다. 음료를 무료로 제공하는 것으로 협의했다. 두 번째는, 저자 강연회 홍보였다. 유명하지도 않고, 인맥이 넓은 내가 아니다 보니 강연회에 사람을 초대하는 것 자체가 힘들었다. 다행히 친구들과 후배들, 그리고 직장 동료들이 응원해주러 와서 든든했다. 세 번째는, 강연 그 자체였다. 사회자와 강연자가 따로 분리되어 있지 않고, 처음부터 끝까지 한 사람이 진행하다 보니, 저자강연회 느낌이라기보다는 그냥 진로특강 같았다.

'책 출간'이라는 꿈을 이루고나서 함께 꾼 꿈이 '교보문고에서 저자강연회'였다. 꿈이란 가끔은 100% 완벽하게 이루지 못할 때도 있다. 꿈이 약간 빗나갈 때도 있고, 크기가 줄어들 때도 있다. 그 부분이 아깝고 속상해서 꿈꾸는 것조차 시도하지 않기에는 에너지가 아쉽다.

이규성 작가의 《당신은 지금 무엇을 생각하는가》에 의하면 마음속에 나쁜 생각, 부정적인 생각들이 잠시 머무를 수는 있다. 부정적인 것들을 금세 털어버려야지 그냥 방치했다가는 우리 삶의 주도권을 부정적인 것들에게 내줄 수밖에 없다. 역으로 말하면 긍정적인 것들로 우리의 생각을 채워야 한다. 생각을 방치하는 사람은 인생을 방치하는 사람과 같다고 한다. 꿈 역시 부정적이고 이루지 못할 것처럼 생각되더라도 금방 떨쳐버리고 긍정적이고 현실화될 것으로 생각해야 한다. 내가 지금 그리고 있는 꿈들이 분명 잘 될 것이라고, 모두 이루어질 것이라고 생각해보자. 그럼 마음 깊은 곳에서 따스함이 느껴질 것이다. 꿈은 누구에게나 그런 존재이다.

꿈을 이루어가는 과정에는 원하지 않거나 좋아하지 않는 일도 함께 수반된다. 강사 김미경은 어떠한 일을 할 때, 그것은 '하고 싶은 일 70%'와 '하기 싫은 일 30%'로 구성되어 있고, 이 30%를 죽어라고 해내야 70%의 하고 싶은 일을 이룰 수 있다고 했다. 거기다가 그녀는 가장 좋아하는 일이 '강의'이고 제일 싫어하는 일이 강의 준비라고 했다.

기관에서 근무하면서 청소년 프로그램을 기획할 때 가장 염두에 두고 했던 일이 '내가 강의할 수 있는 콘텐츠인가?'였다. 청소년지도사는 프로그램 기획 능력과 진행능력, 행정 능력 다양한 능력이 필요하다. 그 중에 어느 것이 특화되어 있냐에 따라서 청소년지도사마다 청소년을 만나는 법이 다르다. 나는 진행을 선택했다. 프로그램을 진행하기 위해서는 기획단계를 거쳐야 하는데 그 단계에서 청소년들의 욕구와 내가 그 프로그램을 진행할 수 있느냐가 모두 충족되는 콘텐츠를 찾기가 쉽지 않았다. 찾은 다음에는 프로그램을 계획서로 작성해야 하는데, 입사한 지 얼마 되지 않은 신입시절에는 이 과정도 쉽지 않았다. 어느 정도 시간이 지나고 경험이 많아졌을 때는 문서 작성하는 것이 어려운 일이 아니게 되었지만 말이다. 진행을 한다고 하더라도 진행을 위한 준비도 만만치 않았다. 김미경 원장처럼 나는 내가 원하는 일인 '강의'를 위해 '준비'라는 싫어하는 과정과 행정을 했어야 했다.

스물여덟. 봄이라고 일컫는 4월이지만 아직은 쌀쌀했던 그날. 남편과 함께 서울에 위치한 대학원을 갔다. 논문지도교수와 논문 진행에 대한 면담을 하기 위한 방문이었다. 온라인으로 2년 동안 다닌 대학원이었기 때문에 논문지도교수라고 해도 얼굴 한 번 보지 못한 분이었다. 처음 뵙는 자리다 보니 빈손으로 가기 신경이 쓰여서 학교 앞에 있는 편의점에서 음료수를 구입해서 연구실 문을 두드렸다. 어떤 말을 들어도, 어떤 일이 있어도 마음에 상처를 받지 않는 나였지만 그날만큼은 말 그대로 "자존심이 상했다". 교수는 나의 음료수를 받지 않았다. 김영란법에 의해 대접이나 선물을 받지 않는 시기는 아니었다. 그뿐만 아니었다. 논문 주제를 무엇으로 할 것이라는 질문에 평소에 생각했던 것을 이야기했지만 돌아오는 답은 "상담에 대해서 제대로 알고 있지 못하네요."였다. 전공책을 연구실에 있던 책장에서 빼내어 나에게 보여주면서 상담의 기초도 모르면서 논문을 쓰려고 하느냐고 했다. 더 이상 아무런 생각도 들지 않았다. 뭐라고 대꾸해야 할지도 몰랐다. 인정할 수밖에 없었다. 집으로 돌아오는 내내 남편에게 교수 흉을 봤다. 그렇게 하지 않으면 마음이 좋아지지 않을 것 같았다. 울기도 했다. 연구실에서 나와 마주한 대학원 복도는 싸늘하다 못해 차가웠다. 집으로 돌아온 뒤에도 만감이 교차했다. 대학원 졸업은 해야 했기 때문에 피할 수는 없었다. 방법을 고민했다. 결정을 해야 하는 시기가 되었을 때, 논문 대신 학점 이수를 선택했다. 임신을 이유로 논문을 피한 것이지만 결국 내가 싫은 것을 억지로 하고 싶지 않았다. 숫자에 대한 두려움은 연구에 대한 두려움으로 변해 있었다.

6년 전, 마음을 쓰이게 했던 선택의 기로에 다시 한 번 서 있다. 청소년 진로 활동을 지도하면서 진로와 직업에 대한 전문적인 공부를 조금 더 하고 싶다는 생각에 입학했던 박사과정을 수료했다. 졸업을 위해서는 논문을 써야 한다. 석사 때 경험해보지 못한 것을 후회하게 될 줄은 몰랐다. 항상 고민해야 될 문제가 생기면 후회하지 않을 자신이 있는 부분을 선택한다. 6년 전 석사 학위를 논문과 학점 인정 둘 중에 하나로 선택했을 때도 후회하지 않을 줄 알았다.

겉으로 보기에는 도전을 즐기는 편이지만 그 도전에 실행 조건은 '성공 가능성'이다. 이미 나는 시작도 하기 전에 긍정적인 결과가 있을 듯한 도전만 선택하는 것이다. 누구보다도 '안정'이라는 가치를 최우선으로 두고 있다. 최선을 고집하기보다는 차선과 타협하던 버릇을 이제는 버릴 때가 되었다. 한 번도 시도해보지 않았던 것처럼 말이다.

나의 어릴 적 시간들

질문을 던져준 책   백수연《괜찮아, 꿈이 있으면 길을 잃지 않아》
그 속에서 만난 질문   청소년 시절, 나에 대한 가치를 타인이 평가하도록 내버려 두진
않았는가.

"현아? 현아는 내가 불쌍해서 놀아주는 거지. 나 사실 걔랑 친구
하고 싶지 않았어."

화장실 밖에서 들리는 친한 친구의 말은 숨을 멎게 만들었다. 고
등학교 1학년부터 3학년까지 줄곧 같은 반을 하면서 단짝이었던 친
구 소리의 목소리였다. 그 아이의 입에서 나온 이름이 내 이름이 아
니기만을 바랐다. 월요일부터 일요일까지 늘 붙어 있었다. 교회 목사
의 딸이었던 소리와 하루라도 같이 있기 위해 교회에 다녔다. 평일
저녁 자율학습까지 끝나고 난 뒤에도 버스를 타고 근처 대학교 도서
관에서 함께 공부를 했다. 저녁에 잠자는 시간 외에는 같이 있던 우
리였다. 1학년 때 같은 반이었던 친구들 아홉 명이 하나의 무리가 되
어 많은 추억을 공유했고 그중에서도 소리와 나는 특별하다고 생각
했다. 화장실에서 들었던 한 문장은 3년 동안의 추억을 박살내기에

충분했다.

중학교 때의 따돌림과 고등학교 때의 친한 친구와 사이가 틀어짐을 겪으면서 필요했던 것은 '내 이야기를 들어줄 딱 한 사람'이었다. 털어놓을 상대가 없었다. 부모님을 먼저 찾았으면 좋았을 테지만, 당시에는 부모님에게 걱정거리가 되고 싶지는 않았다. 다행히 새로운 인연으로 가까워진 친구들에게서 위로를 받았다. 그 친구들은 많은 것들은 해주지는 않아도 그저 내 이야기를 들어주는 것만으로도 많은 힘이 되었다. 그러면서 자연스럽게 생긴 장래희망이 '상담교사'였다.

2019년도 대학교 새내기는 '19학번'이다. 최근 몇 년 사이에는, 내가 졸업한 학과인 청소년학과를 지원한 학생들 중에는 청소년 시기에 '청소년 활동'을 안 해본 지원생이 없다고 한다. 교사가 되고 싶었던 내가 성적이 되지 않아 우회해 선택한 청소년학과였는데 지금의 청소년들은 청소년 시기부터 관련된 활동을 하며 꿈을 향해 한걸음씩 나아가고 있는 것이다.

5월은 가정의 달이다. 또한, 청소년의 달이다. 2016년 겨울, 대한민국의 어둠을 밝히기 위해 누가 시키지도 않았는데 스스로 나온 많은 청소년들이 있었다. 세월호 사건 이후 청소년들은 어른들의 지시와 가르침에 일방적으로 따르지 않고 의문을 가지고, 되묻고, 자신의 목소리를 내기 시작했다. 의사가 꿈이었던 샛별이도 마찬가지였다. 중학교 2학년 2학기 기말고사가 얼마 남지 않았을 시기 청소년 활동을 하기 위해 기관에 들른 샛별이의 표정이 좋지 않았다. 시험에 대한 걱정 때문에 그런가 싶어서 먼저 말을 걸었다. 엄마와 갈등이 있었다고 한다. 광화문에 가서 촛불집회에 참여하고 싶은데 늦은 시간에 어린 샛별이가 참여하는 것이 위험하다며 어머님이 반대를 한 것이다. 촛불집회에 대해서 이야기하는 샛별이의 눈은 그 어느 때보다 밝게 빛났다.

"지금 기분이 어때? 엄마가 샛별이가 하고 싶은 것을 지지해주지 않아서."

"속상하기도 하고, 답답하기도 해요."

"왜 샛별이가 그곳을 가야 되는지 엄마한테 잘 설명했어?"

"아니요. 나오기 전에는 그저 엄마가 반대하는 것 때문에 화가 나서 소리만 지르고 왔어요."

"오늘 간다면서, 그냥 엄마 말 무시하고 다녀올 거야?"

"흠……. 집으로 돌아가서 엄마 잘 설득하고 다녀와야죠."

그날, 샛별이는 자신의 목소리를 내기 위해 광화문을 다녀왔다.

샛별이를 처음 만난 것은 3년 전, 봄이었다. 관내에 있는 중학교에서 진로흥미유형검사 실시 후 해석 강의 의뢰가 와서 학교에서 만난 샛별이. 샛별이의 반뿐만 아니라 흥미유형검사 말미에는 항상 내 전화번호를 알려주고, 2시간 동안 강의를 들은 것에 대한 소감을 작성해서 보내도록 한다. 강의만으로도 시간이 부족해서 피드백을 위해 활용하는 방법이다. 강의가 끝나고 나면 하루에 3건 많게는 10건까지 소감을 작성한 문자가 온다. 샛별이는 소감을 보내지 않고, 대신 만나고 싶다는 연락을 했다. 며칠 뒤, 샛별이와 지민이는 기관에 찾아왔다. 또래에 비해 생각이 깊었던 두 아이였다. 단지 이런 이야기를 들어줄 사람이 필요해서 왔다고 했다. 샛별이와 지민이에게 청소년 활동을 할 것을 권유했고 다음해부터 샛별이는 청소년 자치기구에서 활동을 했다. 샛별이의 장래희망은 의사였다. 공부를 잘했으며 똑똑하다는 소리를 들었다. 어른들 앞에서도 기죽지 않고 자신의 의견을 이야기했다. 그런 샛별이가 학교 교육에 좌절하지 않도록 옆에서 최대한 지지해줬다. 하지만 샛별이의 고민거리는 어른도 성적도 아닌 친구들이었다.

2016년 여름. 기관에서 주관한 청소년자치기구연합워크숍을 경기도에 위치한 청소년야영장에서 진행했다. 30여 명이 참여한 워크숍은 친목도모, 삼겹살 굽기, 동아리 활동 평가 등에 활동으로 무르익어 갔다. 심상치 않은 느낌이 들었던 것은 저녁나절이었다. 아이들의 표정이 좋지 않았고, 큰 소리만 나지 않았을 뿐이지 갈등이 발생한 것 같았다. 아이들을 한 명씩 따로 불러다가 대화를 나누었다.

"저보다 어린 샛별이가 버릇없게 행동하잖아요."

자신의 의견을 표현하고, 맞는다고 생각하는 부분에 대해서는 상대방이 친구이든, 오빠이든, 어른이든 신경 쓰지 않고 말하는 샛별이가 못마땅했나 보다. 샛별이를 불러서 대화를 시도했다. 예상 외로 샛별이를 힘들게 하는 것은 당시 그 자리에 있던 아이들이 아니었다. 학교에서 친구들과의 문제가 있었고, 같은 문제가 교외 활동에서까지 이어지자 감정이 터졌던 것이다. 어른들뿐만 아니라, 아이들은 서로에게 말하는 기회를 스스로 뺏는다. 어른들은 아이들에게 "버릇없다.", "말대꾸 하지 말아라."라는 말로, 아이들은 서로에게 "뻔뻔하다.", "이기적이다."라고 한다. 점점 더 말이 없어지는 사람들은 그렇게 어른이 되어서도 자기 의견을 내기 어려워하고, 누군가가 목표나 꿈을 물어보더라도 대답하기 어려워진다.

대나무의 한 종류인 '모죽'은 씨를 뿌린 후 5년 동안 물을 주고 가꿔도 싹이 나지 않는다고 한다. 하지만 5년이 지난 후에는 죽순이 돋아나기 시작해 하루에 80cm씩 자라기 시작해 6주 후에는 하늘에 닿을 만큼 자란다고 한다. '모죽'은 5년 동안 무엇을 한 것일까? 바로 땅 속의 비밀이 있었다. 대나무의 뿌리가 땅속 깊이 수십 미터나 자리 잡고 있었다고 한다. 땅 위에서 보이는 모습은 죽은 나무처럼 아무런 반응이 없었다. 어느 정도 임계점이 되어서야 크게 자라는 모죽처럼 청소년 시기의 겪는 것들은 뿌리가 되고 있을 것이다.

우리는 타인에 의해 만들어진 규칙을 내가 만든 규칙이라고 오해한다. 아무런 의심 없이 행동하고 너무도 익숙하게 타인의 시선과 기대 속에서 강요받는 삶을 살고 있기 때문일까. 무서운 것은 어느 누구도 기준을 요구하는 사람도 강요하는 사람도 없을 때이다. 실체가 없는 타인의 시선 때문에 괴로워하고 눈치 보는 경험은 누구나 한번쯤 있을 것이다. '착한 아이 콤플렉스' 타인으로부터 착한 아이라는 반응을 듣기 위해 내 안의 있는 소망이나 욕구와는 다른 행동과 말을 한다. 착한 아이가 되기 위해, 사랑받는 나의 모습에 취했던 적이 있었다. 관계의 금이 갈까봐 나의 시간과 에너지를 과하게 투자하더라도 감수하고 하기 싫은 일을 도맡아했다. 일 잘하고 능력 있는 직원, 좋은 친구, 모두에게 사랑받고 긍정적인 평가를 받기를 원하던 그때. 평가를 받는 사람보다 하는 사람이 권력이 더 있음을 깨닫지 못하고 타인의 평가에 노심초사하며 스스로를 을의 위치에 두었다. 종이 한 장, 갑과 을 란에 사인하지 않아도 보이지 않는 갑을 관계를 남이 아닌 내가 만들었던 것이다. 나에게 남은 것은 사람도, 명예도, 돈도 아니었다. 같은 곳에서 허우적거리기만 했다.

'나는 어떤 사람인가?'에 대한 답을 타인이 아닌 나에게서 찾기 위한 노력이 필요한 시점이다. 타인의 평가와 기대에 부응하는 삶은 오롯이 나의 삶이 아니다. 타인과 나를 분리하고 타인으로부터 부정적인 영향을 받기를 거부하는 일은 모두의 숙제이다.

지금 나에게 주어진 모든 것들에 감사하기

 질문을 던져준 책 윤성희 《기적의 손편지》
그 속에서 만난 질문 타인과의 관계에서 먼저 손을 내밀고 있나요?

저녁나절, 두 아이가 저녁을 먹고 거실에서 놀고 나면 장난감이 가득하다. 신랑은 소파에 누워서 TV를 보고 있다. 나는 저녁 먹은 것을 치우고 나서 엉덩이 한 번 붙인 적이 없는데……. 그 순간 신랑이 얄미워져서 한마디 한다.

"자기야, 애들 옷 좀 세탁기에 넣지?" 좋은 말로 부탁하면 되는데 말에 힘이 실린다. 결국 잔소리, 투정이 되어버렸다. 그날 신랑은 오전에 나 대신 두 아이들을 등원시켰다. 평소 듣고 싶었던 강의가 있어서 아침 일찍 나가느라 아이들 아침밥도 제대로 안 챙기고 나갔었다. 신랑이 아침에 일어나 아이들을 씻기고, 옷을 갈아입히고 아침까지 먹여 등원 준비를 해줬다는 고마움은 잊은 채 눈앞의 놓인 장면만 가지고 불편불만을 했다. 함께한 것은 기억하지 못하고 부족한 점만 들추어서 이야기하게 된다.

건물마다 입구에 있는 우편함에는 각종 고지서와 전단지만 볼 수 있다. 동네 입구에 있던 빨간 우체통은 언제 없어진 걸까? 최근 발매되고 있는 우표가 어떻게 생겼는지도 모르고, 얼마에 구입할 수 있는지 관심도 없다. 친구들 그리고 동생들과 오고가던 편지를 더 이상 볼 수 없는 일은 10대 시절 추억 중에서 지금은 되돌릴 수 없어 아쉬운 일이다. 지금은 편지 대신 이메일로 서로의 안부를 묻는다. 문자나 카카오톡처럼 바로바로 피드백이 가능한 연락 수단을 사용하고 있지만 초·중·고등학교 시절 공유했던 편지와 같은 매력을 느끼기는 어렵다. 하루 종일 학교에서 조잘조잘거리던 친구와도 하고 싶은 이야기가 얼마나 많은지 노트를 구입해서 교환일기를 쓰기도 했다. 초등학생 때는 친구와의 다툼도 편지나 쪽지로 했다. "우리 이제 절교야!"라고 삐뚤빼뚤 적혀 있는 쪽지를 보고 있노라면 웃음이 나왔다. 10대 추억이 고스란히 담겨 있던 편지는 몇 번의 이사와 함께 남지 않았다. 그나마 남아 있는 것들은 청소년지도사로 있으면서 청소년들에게 받았거나, 동료들에게 받았던 편지들뿐이다.

직장에 다닐 때는 일 년에 한번, 12월 크리스마스 및 신년을 기념해 직원들 한 명 한 명에게 편지를 썼다. 쓰고 지우고 할 수 있는 컴퓨터가 아닌 손으로 꾹꾹 눌러가며 써야 되는 손 편지는 그 사람만을 오롯이 생각할 수 있게 했다. 함께했던 일 년을 되돌아보며 감사했던 것들을 적었다. 그냥 "감사합니다"가 아닌, 어떤 일로 감사함을 느꼈는지도 함께 적어 내려가다 보면, 쓰는 나 역시 기분이 좋아졌다. 편지를 받은 직원들은 진심으로 기뻐했다.

손편지에는 받는 사람에 대한 '감사함'이 있다. 감사함은 표현한 사람과 받는 사람 모두 행복해진다. 편지가 타인에 대한 감사를 전달할 수 있는 방법이라면 자신에 대한 감사를 남길 수 있는 방법이 있다. 바로 감사일기이다. 사실, 감사편지나 감사일기에 중요성을 이야기하다 보면 생기는 의문점이 '감사한다고 해서 이 상황이 더 나아질까?'이다. 상황은 변하지 않는다. 경제적인 문제, 관계에서의 문제, 직장 안에서의 어려움은 그대로이다. 하지만 그 상황에 대해서 슬퍼하거나 화내기보다는 감사하는 데에 집중하는 것이 문제 해결에 도움이 된다. 예를 들어 관계에서 문제가 생긴다면, 타인을 탓하거나 흉보기보다는 '내 곁에 있는 사람들에게 더 집중할 수 있는 기회를 만들어주셔서 감사합니다'라고 생각하는 것이다. 의식적으로, 주변을 볼 때 감사할 것을 찾고 그 상황에 대한 감사를 편지나 또는 일기로 표현한다.

사촌이 땅을 사면 배가 아프다는 말이 있다. 겉으로는 축하한다고 하지만 항상 마음은 그러지 못했다. 스스로가 가식적으로 느껴졌다. 가식적인 것을 알아차리고 진심으로 축하해주고 싶었지만 생각처럼 쉽지 않았다. 이미 나에게 주어진 것들에 대한 감사해하며 나눌 수 있는 것들에 대한 고민을 한다면 주변 사람들은 더 많은 것들을 나에게 줄 것이다.

2009년 영구 워익대 우즈Woods 교수팀이 감사의 효과에 대해 실험했다. 결과는 감사표현을 자주할수록 스트레스를 덜 받고, 우울증을 잘 떨치는 것으로 나타났다. 또한 타인으로부터 받는 사회적 지지를 통해 사회생활에서도 긍정적 효과가 있는 것으로 분석되었다. 감사편지나 또는 감사일기를 쓰는 데에 실제로 필요한 시간은 10분도 채 되지 않는다.

《기적의 손편지》를 2015년에 접한 후, 주변사람들에게 편지를 직접 썼었다. 손편지를 말이다. 신랑에게 썼고, 부모님에게 썼고, 함께 일하는 직원들에게 썼다. 많은 것들을 공유하지 않은 사람에게 감사의 편지를 쓴다는 것은 쉽지 않은 일이라서 오래하지 못하고 그만두었다.

2018년에는 하루의 한 개 글쓰기 아이템으로 감사일기를 작성했었다. 일상에서 찾아볼 수 있는, 아주 작은 감사라도 찾기 위해 노력했지만 인위적인 감사인 것 같아서 이것도 오래하지 못했다.

감사란 도움을 받았거나 좋은 일이 있을 때 겸손하기 위한 방편으로 사용되는 편이다. 반대로 생각하면 타인의 도움을 받은 적 없거나 나에게 아무런 일도 일어나지 않았을 경우에는 감사할 이유도, 대상도 없는 것이다. 오프라 윈프리의 생활수칙 중 하나는 매일 감사일기를 쓰는 것이라고 한다. 대단한 것보다는 소소한 것들에 대한 감사를 주로 했다. 일상의 일들을 감사하게 생각하는 습관은 우리의 마음을 풍성하게 만든다.

2019년, 연예인 강호동은 〈강식당〉이라는 TV프로그램에서 자신의 20년 해바라기 팬이라는 중년 여성을 손님으로 만났다. 손님은 강호동에게 연신 고맙다고 이야기했다. 덕분에 아픔을 이겼고, 강호동을 만나는 것이 평생 소원이었다며 감사함을 전달했다. 강호동은 주방으로 돌아가 밀려오는 감정을 이기지 못하며 눈물을 흘렸다.

내가 뿌린 씨앗이 어디에서 얼마나, 그리고 어떻게 맺는지 알지 못한다. 다시는 만나지 않을 것 같았던 인연도 생각하지 못한 장소에서 다시 만나는 경우처럼 말이다. 좋았던 만남이든, 좋지 않았던 만남이든 나의 과거는 우리와 마주칠 순간을 기다리고 있다. 자신이 출연한 TV프로그램에서 병마를 이겨낸 사람을 만날 것이라고 강호동은 생각이나 했을까. 누군가에게 "고맙다."라는 이야기를 듣는 것은 생각보다 쉽지 않다. 반대로 우리는 누군가에게 마음에서 우러나는 감사함을 전달하는 것도 인색하다. 오히려 "미안하다."는 말보다 아끼는 말이 "고맙다.", "감사하다."인 듯하다.

《기적의 손편지》를 읽고 나뿐만 아니라, 신랑도 2016년 블로그에 감사편지를 올리기 시작했다. 100일을 목표로 했던 시작은 끝을 보진 못했지만 기록 하나하나에 어떤 마음으로 편지를 올렸는지가 느껴졌다. 신랑에게 동의를 받아 첫 감사 편지를 썼던 내용을 이 책에 공유한다.

사랑하는 당신에게

당신이 《기적의 손편지》라는 책을 읽으면서 주변사람들에게 편지를 써서 줘야지 하면서 나에게 편지를 써 준 것도 1년이 지났네.

당신의 첫 번째 편지의 주인공이 나인 것처럼 내 첫 번째 편지의 주인공도 당신이야. 비록 손 편지가 아니지만 당신은 기분 좋게 이 글을 읽어줄 거라고 믿어.

2009년 어느 겨울날 문화의집 사무실에 있었던 당신이 떠올라. 그때가 내가 당신을 처음 만났을 때였을 거야. 대학생에게는 그 사무실에 있었던 선생님이라는 당신의 모습이 얼마나 멋있어 보였는지 몰라. 당신은 참 멋있는 여자야.

일에서도 매번 최선을 다하는 모습을 보였고, 공부도 열심히 했어. 해마다 50권 이상의 책을 읽는 당신의 모습은 존경스럽기도 했지.

그때 기억나? 훈이가 돌 되기 전까지 흔들거려야 잠을 잘 자서 유모차를 한쪽 발로 흔들면서 공부했었지. 그렇게 공부해서 석사에 자격증 시험까지 당신 참 멋있어.

내가 지금 여기에 있게 해준 것은 당신의 내조라고 생각해.

무일푼에 가진 거라고는 나 하나밖에 없었는데 당신 만나고 이렇게 좋은 사람으로 성장할 수 있었던 것 같아. 항상 고맙고 사랑해.

앞으로도 행복하게 살자.

상처 하나 없는 사람 어디 있을까

질문을 던져준 책 이외수 《절대강자》

그 속에서 만난 질문 돌 한 개를 씹었다고 밥솥의 밥을 모조리 버릴 수는 없다.
혹시, 씹힌 돌 하나 때문에 밥솥의 밥을 모조리 버린 경험은
없을까?

사회생활은 일보다 사람으로 인한 어려움이 감정적으로 더 크게
다가온다. 대학교 졸업 전인 23살. 조기 취업으로 월급도 많지 않고
가족들과도 떨어져 지내야 하는 경주에서 첫 사회생활을 시작했다.
초등학교 4학년에서 5학년 아이들이 수학여행을 오는 경주는 '학교단
체'를 줄여서 '학단'이라 부르고, 수학여행이 많은 봄과 가을을 '시즌'
이라 일컫는 그런 곳이었다. 청소년들이 오면 숙소에서는 생활 관리
를 하고, 2박 3일 수학여행 기간 동안 경주에 있는 문화유적지를 설명
하는 그런 일을 첫 업무로 맡게 되었다. 청소년들을 안전하게 인솔하
는 것보다 더 어려웠던 일은 60명이 넘는 청소년들 앞에서 유적지를
설명하기 위해 있는 힘껏 목소리를 키워야 하는 일이었고, 매일 저녁
숙소로 돌아와 소금으로 양치를 하면서 목 관리를 해야 했다.
2박 3일 동안 학교단체가 입소를 하면 교육단 지도자들은 팀을 나

누어서 야간 당직을 했다. 1팀은 새벽 2시까지 당직을 하고 자러 들어갔으며, 2팀은 1팀이 점호를 하기 전부터 취침을 한 후 새벽 2시부터 당직을 했다. 교육팀을 운영하는 대표가 함께 일하는 지도자들에 대한 복지에 관심이 있었다면 아마 당직에 대한 추가 수당을 책정해서 지급했거나, 당직을 보는 지도자들은 오전에는 휴식을 취할 수 있도록 했어야 한다. 하지만 우리는 당직에 대한 추가 수당도, 휴식도 보장받지 못했다. 그때는 그게 당연한 거라고 생각했다. 아니, 당연하다고 세뇌 교육을 당했던 것일지도 모른다.

"너희들은 아르바이트가 아니잖아. 정직원이잖아. 정직원이면 원래 이렇게 일하는 거야."

9월말, 추석연휴를 기점으로 날씨가 쌀쌀해지기 시작하면 수학여행을 오는 학교단체들도 현저히 줄어든다. 그렇게 되면 청소년들을 만나기 위해 필요한 지도자들도 줄어들게 된다. 대표가 입버릇처럼 말했던 "너희는 정직원이잖아." 대로라면, 우리는 수학여행이 오는 청소년들이 줄어들더라도 평소에 받던 급여와 동일한 금액을 받아야 했다. 많지 않은 월급 90만 원이었지만 첫 사회생활이고 4대보험비를 생각하면 적지 않다고 생각했다. 일 자체가 매력적이었기 때문에 돈에 대한 부족함은 느끼지 않았다.

12월 초, 청소년지도사 2급 자격증 취득을 위해 숙박연수를 하던 중 경주에서 함께 일하던 친구에게 전화가 왔다. 급여가 턱없이 적게 들어왔다는 이야기에 내 통장을 바로 확인하니 통장에 찍힌 금액은

40만 원. 금액을 보고 대표에게 확인 전화를 하니 담담하게 돌아온 이야기는 "학교단체가 입소했던 날짜만 확인해서 입금했어." 직원이라는 이유로 야간 당직과 주말 당직을 아무런 대가 없이 하게 하더니 수입이 없는 시기에는 하루 일당으로 계산해 입금했다는 전화에 나는 들고 있던 핸드폰을 던지고 싶었다. 호흡을 가다듬고 경주에서 일을 하던 환경에 대해 말씀드렸지만 대표의 대답은 지금도 잊히지지 않는다.

"네가 그만큼에 대우를 받을 만큼 일을 했다고 생각해?"

초등학생이 수학여행을 오는 2박 3일 동안, 청소년들을 대하는 나는 항상 진실했다. 또한, 내년에도 이 교육팀을 만나고 싶다는 이야기하고 간 선생님들이 많았고, 23살이라는 나이에 저녁나절 술상을 들고 선생님들이 술 한 잔 하고 있는 방으로 들어가 "내년에도 꼭 오세요."라며 인사를 했다. 물론, 술을 따라주진 않았지만 말이다.

Date.	2007년 12월 12일

'똥 밟았다고 생각하자. 쓰디쓴 사회생활 경험했다고 치고 받지 못한 돈에 대해서는 미련을 버리자. 하지만 이대로 그냥 나올 수는 없지. 할 말은 다 해야지. 왜인지 속상하네. 나 또 당한 거야? 사람 마음 가지고 장난하지 마세요.'

2019년, 일명 '갑질금지법'이라고 이야기하는 '직장 내 괴롭힘 금지법'이 시행되었다. 직장 내 폭행, 폭언, 인격모독이 그동안 마땅한 법안이 없어 사각지대에 놓여 있었다. 직장에서의 지위 또는 관계 등의 우위를 이용하거나 업무상 적정범위를 넘을 때, 신체적·정신적 고통을 주거나 근무환경을 악화시킬 때가 직장내 괴롭힘을 판단하는 기준이 된다. 이 법이 시행됨을 언론을 통해서 알게 되었을 때 새삼 눈에 띄기 시작한 것은 공공 화장실마다 부착되어 있는 '불법촬영 관련 공지' 스티커였다. 누구나 불법 촬영의 피해자가 될 수 있기 때문이다. 타인에 대한 배려와 내가 피해자가 될 수도 있다는 생각으로 당연히 하지 않아야 할 행동들이 빈번하게 생김에 따라 관련 법안들에 필요성이 느껴지는 것이 안타깝다.

법이 시행되고 후배들이 더 나은 환경에서 일할 수 있도록 사회에서 관심을 가지고 이런저런 정책들을 고민하고 있지만 여전히 사각지대에 놓여 있는 근무환경이 많다. 십 년 전, 전 직장에서 일한 만큼 급여를 받지 못해 억울한 마음에 앙갚음하겠다며 직원을 채용하겠다는 채용 공고에 댓글을 남겼다. 3개월, 짧은 기간 동안에 근무환경과 왜 직장을 그만두었는지를 자세하게 적었고, 사람들의 반응은 내가 원했던 대로였다.

"이력서 보내려고 했는데 심현아 선생님 덕분에 다시 생각하게 되었어요. 경험을 공유해줘서 감사합니다."

"아직도 이렇게 직원을 대하는 곳이 남아 있나요?"

내가 겪었던 일이 청소년 기관을 일반화시키는 일이 되어서는 안 되겠지만, 당시에는 4년 동안 공부했던 '청소년 업무'에 대한 회의감에 새로운 직장을 알아보기까지 시간이 꽤 걸렸다. 상처를 주는 사람은 상처와 함께 기억에 남아 잘 잊혀지지 않는다. 또 다른 상처가 두려워 상처의 원인을 오해하고 거부해서는 안 된다. 상처를 아물게 도와줄 수 있는 사람이 우리 주변에는 더 많기 때문이다.

선희는 혼자 아이를 키우고 있었다. 결혼식을 올리기 전, 임신 사실을 알았고, 남자친구이자 뱃속에 아이의 아빠는 '아빠'가 되기를 포기했다. 선희는 생명을 포기할 수 없었다. 어머니의 도움을 받아 출산을 할 수밖에 없었고, 그렇게 미혼모가 되었다. 맘카페지역을 기반으로 한 아이 엄마 커뮤니티에서 선희를 알게 되었다. 선희의 아들 지우는 첫째아이보다 한 살이 많았고, 아이의 발달단계를 먼저 경험한 선희에게 육아와 관련된 도움을 많이 받았다. 뿐만 아니라, 신랑과도 친해져 저녁도 함께 먹고 어려운 이야기를 터놓을 수 있는 관계가 되었다.

얼마 전, 이사와 둘째 출산으로 일 년 만에 선희네 가족을 만났다. 5년 사이, 선희는 첫째와 본인을 보듬어 줄 수 있는 남편을 만났고 가정을 이루었다. 오랜만에 만난 선희에게 "선희와 친구가 되어서 너무 좋았어."라며 고마움을 표시했다.

"오히려 난 현아가 고마워. 한동안 엄마 때문에 힘들 때, 현아가 '엄마와 너를 분리해서 생각해. 너의 인생에서 자꾸 엄마를 생각하려고 하면, 아무것도 못 해'라는 조언이 큰 도움이 되었어."

기억도 나지 않는 나의 조언. 그 말 한마디가 선희에게는 당시 엄마에게서 벗어나지 못하는 그늘과 마음의 짐을 벗어던질 수 있도록 하는 말이었다.

　나는 누군가에게 어떤 한 마디를 건네는 사람일까. 나의 한마디가 힘이 되기도 하지만 반대로 나의 한마디로 상처받은 이도 분명히 존재할 터이다. 밥을 먹다가 어쩌다 씹힌 돌로 인해 밥통에 밥을 다 버릴 필요는 없고, 세상에는 나를 행복한 일로 가득할 테지만 누군가에게는 씹힌 돌이 삶의 전부일 수도 있다. 최소한 나는 다른 사람에게 씹힌 돌이 되지 않도록 할 것이다.

소소한 나의 행복

질문을 던져준 책 나가야 겐이치 《잘했어요 노트》
그 속에서 만난 질문 스스로에게 칭찬해본 경험이 얼마나 되나요?

내가 다니던 중학교는 남녀공학이었다. '중2병'이 20년 전이라고 없었을까. 부모님에게 반항하고, 친구 관계에서 생긴 갈등으로 죽을 것처럼 마음 쓰라린 경험도 하고, 주변 사람들을 의식하던 나의 15살. 일 년에 한번, 전교생들의 기초체력 향상을 위해 교육부에서 실시했던 체력장. 그날이 나에게는 일 년 중 가장 신경 쓰이는 날이었다. 나는 신체 성장이 초등학교 5학년 때부터 급격하게 진행되었고 중학교 때는 최고치를 달렸다. 안 그래도 싫어하는 체육을 하루 종일 친구들이 보는 앞에서 윗몸일으키기, 달리기 같은 운동을 해야 된다는 사실은 큰 스트레스였다. 달리기를 할 때마다 타인의 시선이 신경였다.

나에게 운동이나 신체활동은 친해질 수 없는 존재이다. 나의 뇌가 '심현아는 몸치야'라고 인식하는 순간부터 잘 하던 줄넘기도 꼬이기 일쑤였다. 최근 두 아이 출산 후 구부정해진 몸을 바르게 하고, 다이어트를 목적으로 핫요가를 시작했다. 일대일 개인이 아니라 단체 코칭으로 진행하기 때문에 앞에서 지도하는 강사는 나의 속도를 신경 쓰지 않는다. 옆에서 운동하는 분은 강사의 속도를 어떻게 따라가는 건지 경이로울 지경이다. 겨우겨우 반박자 늦게라도 쫓아간다.

나는 운동을 잘 하지 못한다는 생각이 여러 상황에서 영향을 미친다. 이러한 생각은 나에게 때로는 안전장치가 되기도 한다. '운동을 못하기 때문에' 많은 운동 중에서 요가를 선택한 것이고, '운동을 못하기 때문에' 요가시 무리한 동작은 하지 않는다. 문제는 이러한 고정관념이 가끔씩 운동에 대한 태도를 소심하게 만든다. 충분히 할 수 있는 동작임에도 불구하고 도전하지 않고, 가만히 다른 사람들의 동작을 쳐다보기만 한다. 그러다 하루는 용기내서 강사의 동작을 쫓아서 하면 큰 힘을 들이지 않고 따라하게 된다. 이러한 도전은 운동을 지속하게 만드는 원동력이 된다. 자기 긍정감을 향상시킬 수 있는 계기가 되기도 한다.

개방적인 것 같으면서도 보수적인 사람. 바로 나의 아버지. 내가 고등학생이었던 15년 전만 해도 주5일 수업이 아니라서 토요일까지 등교를 했다. 다른 날과는 다르게 오전 수업만 하고 하교하는 토요일은 친구들과 시내에서 오락실도 가고, 노래방도 가며 어울릴 수 있는 하루였다. 12시 30분. 어김없이 울리는 핸드폰. 출근해서 일하고 계실 시간임에도 불구하고 딸에게 전화를 해서 집에 들어가라고 이야기하는 분이셨다. 그래서 그런지 십대에 끝 무렵이었던 19살, 12월 달에는 하루 빨리 1월이 되어서 이십대가 되었으면 하는 생각뿐이었다. 그런 나에게 관심사는 오롯이 '늦은 귀가'였을 뿐 이십대와 대학 생활에 불안은 없었다. 하지만, 서른을 맞이하던 이십대 후반에 두려움은 십 년 전과 달랐다. 이십대 끝자락 당시 구입했던 책들이 나의 불안함을 말해주었다.

《서른살이 심리학에게 묻다》, 《나는 고작, 서른이다》, 《서른에서 멈추는 여자 서른부터 성장하는 여자》.

'서른'이라는 글자를 검색창에 입력해 관련 책들을 모조리 구입했다. 나의 서른은 주변 친구들과는 조금 다른 모습이었다. 이십대 후반, 결혼을 했고, 그 다음해에 바로 첫째를 낳았다. 친구들은 해외여행을 가거나, 일에 몰입할 때 나에게는 '엄마'라는 역할이 추가되었다. 서른이 된 후 오 년이라는 시간은 이십대보다 더 많은 사건들이 나에게 생겼고 역할 변화가 일어나고 있다.

평일 오전은 바쁘다. 엄마인 내가 평소보다 십분이라도 늦게 일어나면 온 가족이 서둘러야 한다. 그 와중에 아침밥은 준비해야 되고, 아이들에 등원 준비도 해야 되는데 일곱 살 첫째는 엄마의 부산스러움이 남의 일이다. 장난감이 있는 방에 들어가 평소에는 꺼내지도 않는 블록을 찾아내 기차와 비행기를 만들어서 가지고 온다. 아이는 비행기라고 하는데 엄마 눈에는 비행기처럼 보이지 않는다. 자연스럽게 "이게 어떻게 비행기야?"라는 말을 하게 된다. 비행기를 만들어온 그 자체를 칭찬하기보다는 만들어 온 비행기에 부족한 부분을 체크한다. 나는 평소에 아이에게 칭찬이 인색한 편이고 신랑에게도 마찬가지다. 내가 원하는 공부를 할 수 있게 퇴근 시간을 앞당기거나, 설거지를 하는 등 최선을 다하고 있지만, 그 부분에 피드백을 하지 않는다. 대신, 거실에 아무렇게나 널브러져 있는 옷, 개어지지 않은 빨래 등에 집중해 잔소리를 한다. 가족의 행동 중 좋은 모습보다는 비어있는 모습이 더 많이 보인다.

타인의 칭찬을 받으면 어떤 반응을 보이는가? 겸손해한다며 "아니요."라며 자기 부정을 하고 있지 않은가? 칭찬을 받는 것에 대한 쑥스러움으로 인해 있는 그대로를 받아들지 못하는 사람이 많다. 타인을 칭찬하는 것만큼 '나 자신을 칭찬'하는 것도 중요하다. '잘한 일'을 찾다보면 나의 강점이 무엇인지 보인다. 아래는 책 맨 뒤에 있는 '잘했어요 노트'에 작성했던 '심현아가 오늘 잘한 일' 목록이다. 책을 처음 읽은 시점에는 둘째 아이를 낳고 출산 휴가 중이었기 때문에 업무나 일에 대한 잘한 일을 찾을 수는 없었고, 감사일기와 '잘했어요 노트'와 혼동되기도 했다. 한동안 '잘했어요 노트'를 작성하지 않았다. 그 후 재독을 통해 '잘했어요 노트'의 힘을 다시 한 번 믿기로 했다.

- 50명 대집단 진로 프로그램을 실수 없이 마무리했다.
- 가족 그림책 만들기 수업 중 '가족'과 관련된 그림책을 선정해 참

가 가족들과 공유했다.

내가 작성한 잘했다는 자기 피드백 대부분은 일과 관련되었다. 엄마로서, 아내로서, 딸로서 해야 되는 역할에 대한 피드백은 '당연히' 해야 된다는 생각이 지배적이었다. 자기 긍정감은 이미 잘하고 있고, 성과를 내고 있는 부분에 대한 것도 중요하지만 후순위로 밀려 있으나 잊지 않고 해야 되는 일에 대한 부분도 잘했다는 피드백이 필요하다고 본다.

고작 서른이다

질문을 던져준 책   아리카와 마유미 《서른에서 멈추는 여자 서른부터 성장하는 여자》
그 속에서 만난 질문   나의 성장 시작점을 떠올려보며……

학습이란 단어를 한자풀이 해보면 '學 배울 학, 習 익힐 습'이다. 즉, 어떠한 지식이나 기술 등을 배우고 익히는 것을 학습이라 한다. 그렇게 보면, 나는 학생이 아닌 적이 없었다. 대학교를 졸업 후 취업하고 나면, 교육이나 연수를 받을 일은 없을 것이라고 생각한다. 기관이나 회사에서는 이미 취업한 직원이 외부 교육이나 자격증 공부, 대학원 공부하는 것을 달갑지 않게 여긴다. 배움을 통해 업무의 도움을 줄 것이라는 생각보다는 자기계발을 하는 직원의 이직을 의심하는 것이다.

나는 타인의 눈치를 보면서 행동한다. 학창시절 친구로부터 상처받은 경험이 있다 보니 말 한마디 한마디도 조심한다. 혹시라도 속마음을 있는 그대로 표현하고 나면 상대방의 얼굴 표정을 유심히 살펴

본다. 정작 상대방은 아무렇지도 않은데 괜히 걱정하며 시간을 보내기도 한다. 반대로, 직장에서의 심현아는 다르다. 하고 싶은 말은 하는 사람이었다. 부당하다고 생각하는 부분에 대해서는 상사에게도 직설적으로 이야기하는 나와 타인의 눈치를 쉽게 보는 나를 구분하는 기준은 영향력이다. 영향력은 공적인 것이 아니라 사적인 감정이다. 동료 간에도 시간이 지나 사적인 감정 즉, 언니 동생처럼 가까워지면 그 전에는 이야기할 수 있던 것들을 조심하게 된다. 시간을 공유하고 마음을 나눈 사이라고 생각했는데 내가 아닌 다른 동료와 가까이 지내는 걸 보면서 '서운함'이라는 감정이 생기고, 괜한 오해가 관계의 단절로 이어지기도 한다.

프리랜서로 강의를 하기 시작한 지 만 일 년이 되지 않았던 시기. 기관에서 근무할 때는 외부 강연 의뢰가 오더라도 강의 주제 선정이 어렵지 않았다. 기존에 작성해놓았던 강의 교안에서 대상에 따라, 회차에 따라 수정만 했고, 대부분의 강의는 비슷한 주제에서 크게 벗어나지 않아서 가능했다. 아니면, 부족한 부분만 공부를 해서 추가하면 되는 식이었다. 하루는 평소에 SNS을 통해서만 서로 소식을 주고받았던 선배에게 연락이 왔다. 선배가 강의를 다니는 지역 교육 지원청에서 성교육 강사를 구하고 있는데 내가 생각나서 연락을 했다는 것이다. 나를 생각해준다는 것은 고마운 일이다. 그런데 주제가 성교육이라니……. 지금까지 청소년을 대상으로 한 성교육, 그것도 두 시간 강의 경험만 있었다. 선배가 의뢰한 강의 대상은 청소년이 아니었다. 청소년들을 만나는 관내 학교 교육복지사를 대상으로 한 강의였고, 총 6회 차로 하루에 4시간 강의라고 했을 때 고민이 되었다. 청소년을 만나본 경험만으로는 풀어낼 이야기가 한계가 있을 터였다. 하기 어려울 강의라고 생각해 거절할까 하는 생각이 문득 들었다. 그러나 강의 의뢰가 들어왔을 때 거절한다면 평생 성교육 강의를 해볼 경험이 없을 수도 있었다.

"선배! 제가 그 강의할게요."

해보지 않았다고 해서 그 경험을 내 것으로 만들지 않고 넘길 수는 없는 일이었다. 강의를 승낙한 날부터 매일매일 내 머릿속에는 성교육과 관련된 콘텐츠만 있었다. 관련 전공책과 일반 도서를 구입해서 정독했다. 과거의 성교육을 받았던 내용을 정리해 놓은 노트를 찾아서 최근 정보로 업데이트 했다. 교안을 짜면서 학교복지사들이 필요한 정보들이 무엇일지를 고민하면서 한 달 넘게 준비했다. 강의 장소는 집에서 차로 두 시간이 넘게 걸리는 곳이었다. 다음날 강의를 위해서는 일찍 쉬어야 했지만 교육을 받는 복지사들의 욕구에 따라 강의 교안을 수정하며 강의를 진행했다. 그렇게 심현아 강사가 할 수 있는 새로운 강의 주제는 추가되었다.

물론, 성교육을 오랜 시간동안 했고, 전문적으로 교육을 받은 사람에 비하면 만족스럽지 않은 강의지만 이번 일을 시작으로 계속 기회가 생길 때마다 거부하지 않고 되풀이한다면 관련 주제에 대한 전문가가 되어 있을 것이다. 한 번도 해보지 않았고, 배운 적도 없으니 시작조차 하지 않는 것은 충분한 가능성마저 스스로 막는 꼴이다. 두려움이나 걱정으로 인해 거절을 했다면 앞으로도 관련 기회는 나에게 없을 수도 있다. '할 수 없다'는 말은 누구나 할 수 있다. 그 길은 편한 길이다. 고민할 필요도 없고, 에너지를 쏟을 필요도 없다. 하지만 "난 할 수 있어!"라고 말하는 순간부터는 새로운 길이 보인다. 방법은 그다음에 고민해도 늦지 않다.

전 직장은 사회복지사 실습이 가능했다. 일 년에 30명 가까운 대학생들이 기관에서 실습을 한다. 나에게 슈퍼비전이 가능한 자격과 경력이 생기고 나서 6년 동안 슈퍼바이저로 활동했다. 실습생들은 다양한 상황에서 공부를 했다. 고등학교 졸업 후, 20살에 바로 입학을 한 학생, 직장을 다니다가 학업에 대한 욕구가 생겨서 뒤늦게나마 공부를 시작한 학생 그리고 직업인으로서 20년 넘게 생활하다가 사회복지사로 전향하기 위한 학생 등 나이도 천차만별이었다. 처해 있는 상황과 환경이 다르다 보니 똑같은 실습을 하더라도 대하는 자세가 달랐다.

하루는 실습생들과 함께 기관 내 대청소를 했다. 청소년들이 수시로 드나드는 곳이기 때문에 매일 청소는 하지만, 물품이 쌓여져 있는 창고는 일 년에 두 번 방학을 이용을 해서 하는 편이었다. 방학 때 실습생 인원이 많기 때문이기도 하다. 전날 대부분의 정리 정돈은 마무리되었고 그날은 빗자루로 쓸고 대걸레로 닦는 일만 했다. 먼지가 수북하게 내려앉은 좁은 공간을 빗자루로 쓰는 것은 쉽지만은 않았다. 실습생 한 명이 콜록콜록 기침을 한다. 신경이 쓰였다. 괜히 미안해졌다. 문제는 입 밖으로 나온 본심이었다. "아, 내가 이런 거 하려고 실습하러 온 거 아닌데." 내가 듣지 못했을 것이라고 생각했나 보다. 다행히 옆에 내가 있는 것을 모르는 듯했다. 그날부터 실습생에 대한 나의 편견이 시작되었다. 실습 과제를 수행하더라고 트집을 잡게 되었다. 반대로 부탁하거나 지시하지 않아도 오전 청소 시간에 누구보다 더 열심히 청소하거나 직원들도 꺼리는 화장실 청소를 앞장서서 하는 실습생은 과제에 수행정도가 낮더라도 피드백을 꼼꼼하게 해주는 방식으로 챙기게 되었다.

신입사원 시절, 4년 동안 전공 공부를 끝내고 자격증을 취득해 전문가로 취직한 곳에서 맡겨지는 업무는 회의록 작성하기, 파일 정리하기, 복사 등 자질한 업무였다. 내가 아니어도 누구나 할 수 있다는 생각에 자존심도 상하고 불쾌했다. '왜 나에게 이런 일을 자꾸 시킬까'라는 질문에 답은 내가 누군가에 상사가 되거나 슈퍼바이저가 되니깐 알게 되었다. 작은 일에 대한 성실도는 그 사람에 전반적인 업무에도 영향을 미쳤다.

"열심히 하겠습니다!"라는 나의 말에

"일은 열심히 하면 안 돼, 잘해야지."

"3년만 버텨. 3년이면 기관이 운영되는 것이 다 보일 거야."라고 말씀하시던 팀장님이 계셨다.

입사 1년은 분위기에 적응하고, 관련 서류들 한 번씩 들춰보고, 2년차에는 직접 진행할 청소년 프로그램 기획하면서 보람도 느끼고, 3년차 되어서야 기관 전체가 보였다. 청소년 기관에서 다른 직원들과 차별화된 프로그램을 만들면서 여유가 생겼던 것도 그쯤이었다. 청소년 진로에 관심을 가지고 공부를 시작하면서 일 년에 2~3건 지속적으로 신규 프로그램을 만들어냈고 자연스럽게 '청소년 진로 전문가 심현아'라는 타이틀이 생겼다.

어렵게 취직한 회사에서 적응하지 못하고 곧 퇴사를 고민하는 신입사원이든, 후배 눈치 보랴 상사의 실적 압박의 스트레스 받는 중간 관리자든 잘하고 싶은 마음은 같다. 조금씩이라도 어제보다 나은 오늘을 만들겠다는 마음을 갖는 것만으로도 성장 기회로 한발자국 다가서게 된다. 새로운 도전을 두려워하지 않고 내가 선택했으니 그에 대한 멋진 결과를 낼 수 있기를 바란다.

어쩌다 어른

질문을 던져준 책　요시타케 신스케 《결국 못하고 끝난 일》
그 속에서 만난 질문　내가 결국 못하고 끝난 일은 무엇이 있을까?

나는 그림을 잘 그리지 못한다. 사람을 그리더라도 다른 사람들보다 2배 이상의 시간이 필요하다. '잘해야 된다'라는 생각과 '나는 그림을 못 그려'라고 스스로 못 박아버리니 선 하나 긋기가 어렵다. 사람들이 비웃거나 흉볼 것 같다는 생각과 나의 그림이 대화 소재로 될 것 같아서 시작조차 하기 어렵다. 실제로는 아무도 나의 그림에 관심도 없고 힘겹게 완성한 그림은 꽤 완성도가 높은 편이었다. 올해 일곱 살인 첫째 아이는 건새우를 먹지 못한다. 음식에 자기가 좋아하지 않는 재료가 있으면 헛구역질을 한다. 다른 채소와 섞여 있어도 새우를 귀신같이 알아차린다. 또한 혼자 방에서 잠자는 것을 무서워한다. 잠들더라도 새벽에 눈을 뜨고 엄마 아빠가 있는 방으로 건너온다. 자기 이름을 예쁘게 순서대로 쓰지 못한다. 지금은 '첫째 아이가 못하는 것'이라고 기록하지만 몇 년 뒤에는 건새우를 잘 먹고, 혼자 잘 자고, 자기 이름을 순서대로 쓸 수 있을 것이다. 시간이 지남에 따라 자연스럽게 할 수 있는 일로 바뀌거나, 부모나 선생님을 통해 바뀌기도 한다.

'나는 이것도 못하고 저것도 못하고 그것도 못하고……'라고 생각하다보면 자존감이 한없이 낮아지고 쓸모 없는 사람이 된 것 같은 기분이 들 때도 있다. 이런 내 마음을 누군가가 알아차릴까봐 부끄러울 수도 있지만 그대로 인정하는 것도 자신만이 할 수 있고, '나는 그 일을 하지 못합니다'라고 인정하는 것만으로도 큰 용기가 된다. 나는 요시타케 신스케《결국 못 하고 끝난 일》을 읽고 내가 결국 못 하고 끝난 일을 적어보았다.

하나, 처음 보는 사람들 앞에서 먼저 발표를 하지 못한다. 얼굴이 빨개진다. 빨개진 나의 얼굴을 주변에 있는 사람이 알아차릴까봐 두렵다. 가슴이 두근거린다. '강사'를 업으로 삼고 있으면서 말이다. "말을 잘한다." 또는 "무대 체질이네."라는 긍정적인 피드백이 빨개지는 얼굴을 신경 쓰지 않도록 만들었다. MBTI 성격유형검사 관련 교육을 서울로 이틀간 다녀왔었다. 8명이 한 팀이고 총 12조가 있었으니 강의실에는 100여 명이 있었다. 사전에 온라인으로 제출한 검사 결과지를 받아서 같은 유형끼리 조를 구성했다. 나도 외향형, 내 옆에 앉아 있는 분도 외향형이었다. 나는 외향형인데 다른 사람들 앞에서 이야기하는 것이 두려워서 발표를 지원해서 하지 않는 편이다. 강사가 직업이지만 꼭 필요한 경우가 아니면 먼저 나서서 대중 앞에 나서

지는 않는다.

둘, 오탈자 없이 글을 한 번에 완성하지 못한다. 나는 평소 성격이 급하다. 급한 성격으로 인해 컴퓨터를 활용할 때도 키보드를 두드리는 속도를 컴퓨터 프로그램이 따라가지 못할 때가 있다. 그러다 보니, 한글 문서에 오·탈자가 가득하다. 분명히 받침을 제대로 썼는데 나중에 확인할 때면 받침이 없을 때가 많다.

셋. 배달 음식 주문 전화를 하지 못한다. 집에 있을 때 배달 음식을 시켜야 할 경우에는 항상 신랑에게 하도록 한다. 신랑이 없고 아이들하고 셋이 있을 때 전화를 하게 될 경우에는 큰 용기가 필요해서 요새는 배달 주문앱을 활용한다. 잘 모르는 사람에게 우리 집 주소와 내가 먹고 싶은 음식의 종류를 말하는 게 어렵게 느껴진다.

넷. 끈기가 없고 '배움'에 대한 호불호가 강하다. 이런 성향은 배우기 시작한 것이 생각보다 어렵거나, 생각보다 결과가 잘 안 나온다거나 하면 쉽게 포기하게 만든다. 호기심은 많다보니 이런저런 교육이나 연수를 신청하고 시작은 하지만 오래가지 못한다. 2013년에 첫째 아이 출산 후, 시작한 직업상담사 자격증 공부는 1차만 세 번을 응시했다. 필기시험 합격 후 정해진 기한 내에 실기 시험을 통과해야 하는데 한 번의 탈락 고배를 마신 후 흥미를 잃고 교재를 쳐다보지도 않았다. 다시금 2017년 둘째를 낳고 시작했으나 한번 잃었던 흥미는 다시 돌아오지 않았다. 그 외에도 플러스수채화 그림기법, 색연필화 등 금액을 결제하면 어떻게라도 시작하겠지 했던 교육은 마무리를 못하고 포기했다. 끈기가 없다고 해야 하는 건지, '호불호'가 강하다고 해야 하는 건지.

다섯, 에스프레소를 마시지 못한다. 1일 1커피를 한다. 첫째 아이를 낳기 전까지는 마시지 않던 커피를 출산 후에는 살기 위해서 마셨다. 낮잠도 품에 안겨서만 자고, 밤잠은 한 시간에 한 번씩 깨던 첫째 때문에 다크 서클이 무릎까지 내려오는 일상이 계속되었다. 카페인에 도움을 받을 수밖에 없어서 인터넷으로 커피를 잔뜩 사놨다. 그 와중에 믹스커피는 맛이 없다며 병 커피나, 캔 커피를 구입했다. 그렇게 마시기 시작했던 커피는 지금은 하루에 한잔씩 습관적으로 마시긴 하지만 '맛'이 있어서 마시는 것은 아니다. 커피를 진정 좋아하는 사람은 에스프레소를 즐겨 마시고, 저녁 모임에서도 커피를 찾는다. 커피의 카페인이 곧 잠에 영향을 미치기 때문에 나는 오후 3시 이후에는 커피를 마시지 않는다.

여섯, 화장을 못한다. 어렸을 때, 엄마가 화장을 하는 모습을 거의 보지 못했다. 엄마는 항상, 친인척의 결혼식, 지인의 큰 행사 등 일이 있을 때마다 화장을 했기 때문에 평소에는 화장한 엄마를 옆에서 자세히 볼 일이 없었다. 그래서 그런지, 나를 비롯한 우리 자매는 화장에 흥미가 없고 재능도 없다. 화장할 시간에 잠을 몇 분이라도 더 자는 걸 선택하는 편이다. 눈과 입술 화장에 공들이는 것은 어색하다. 지금까지 화장을 진하게 해본 경험이 결혼식과 돌잔치 딱 두 번뿐이다. 예전에는 화장을 잘 해보고 싶어서 화장품도 구입하고, 저녁마다 연습도 해보았지만 늘지 않는 화장 실력에 포기했다.

일곱, 컴퓨터 영어 타자를 치지 못한다. 나는 한글 타자속도는 빠르다. 대학교 1학년 교양 과목으로 컴퓨터가 있었는데 1학기에는 한글 타자, 2학기에는 영어타자 실기 시험을 보았고 타자속도는 학점에 반영되었다. 1학기 수업은 높은 점수로 통과했으나, 문제는 2학기였다. 영어타자는 키보드를 확인하지 않으면 글자를 누르기 힘들고, 자연스레 한정된 시간 안에 제시글을 완성하지 못했다. 결국 난 재수강을 했다. 지금도 검색이나 기획서 작성을 위해 영어타자를 칠 경우, 키보드를 보고 독수리 타법으로 하나하나 누른다.

여덟, 아버지 앞에서 조잘조잘거리지 못한다. 무뚝뚝한 아버지 아래에서 더 무뚝뚝하게 커버린 딸. 집에서 아버지와 단 둘이 남아 텔레비전을 함께 볼 일이 생기면 어색한 침묵에 핸드폰만 무심하게 쳐다본다. 무슨 이야기를 해야 할지, 어떤 말로 대화를 시작해야 할지 몰랐다. 그래서 그런지, 신랑과 연애시절에도 애교가 없는 여자 친구였다. 두 아이의 엄마가 된 지금은 아버지 앞에서 많은 이야기를 하기 위해 노력한다.

앞에서 이야기했던 것들은 여전히 하지 못하고, 아마 앞으로도 하지 못할 것이다. 못 하는 것이 아니라, 안 하는 삶을 선택하고 살아왔을지도 모른다. 사람은 사고와 행동을 바꾸는 것은 쉽지 않다. 그리고 생각보다, 나만 못한다고 생각했던 일들은 다른 사람들도 못하는 일이 꽤 많다. 그리고 지금 못한다고 하더라도 굳이 노력해서 할 수 있는 일로 만들지 않아도 된다. 있는 그대로의 내가 소중하기 때문이다.

chapter 4

여자, 그리고 사랑

남자에 대해

질문을 던져준 책   조남주 《82년생 김지영》
그 속에서 만난 질문   당연한 건 하나도 없는 사회에서 당연하다고 여기는 것들

첫째 아이를 보조석에 태우고 함께 마트에 갔다. 주차장 입구에 진입하는데 큰 아이가 한마디 한다.

"엄마! 엄마는 여자인데 왜 파란색 문으로 들어가?"

무슨 말인가 하니 주차장 입구 위에는 각각 입구와 출구라는 글자가 있고 색으로도 표시가 되어 있었다. 주차장으로 진입하는 쪽은 파란색. 반대 출구는 빨간색이었다. 글씨를 읽을 줄 모르는 아이는 색깔만 보고 이야기한 것이었다. 아이의 발상이 귀엽기도 했지만, 파란색은 남자, 분홍색은 여자라는 편견이 언제부터 생겼나 싶어 놀라웠다. 지금은 7살이 된 첫째와 또래들은 성별과 관련된 고정관념이 더욱 뚜렷해져 있었다. 둘째를 위해 구입한 분홍색 킥보드를 첫째가 타고 집앞을 돌아다니고 있으면 같은 나이인 여자아이가 첫째에게 다가와 "너는 남자인데 왜 분홍색을 타고 있어?"라고 이야기한다. 뿐만

아니라, 첫째 아이에게 "엄마 멋있지?"라는 질문을 하면 "엄마는 여자인데 왜 멋있어. 예쁘지."라고 대답한다. 성별에 대한 고정관념은 집을 포함한 어린이집, 학원 등에서 자연스럽게 생긴다. 사실 아이들이 처음 접하는 애니메이션의 주인공도 전부 남자이다. 주인공들은 대부분 파란색이고, 주인공 친구로 나오는 여자 캐릭터는 주로 노랑, 보라, 연분홍이다.

직업 특성상, 청소년 기관 내 직원의 성별 비율은 남자와 여자가 2:8이다. 기관마다 차이가 있기는 하지만, 남자 직원이 한 명도 없는 기관도 있다. 내가 근무했던 기관은 딱 저 비율이었다. 열 명의 직원이 있다면 남자가 두 명, 여자가 여덟 명. 프린터나 복사기가 고장 나면 자연스럽게 남자 동료를 호출했다. 전등에 불이 나가도, 무거운 물건을 들 때도 남자 직원을 우선적으로 불렀다. 반대로, 식대를 아끼자며 점심을 기관에서 만들어 먹을 때는 식사 준비와 정리, 설거지까지 여자 직원이 했다. 일부러 역할분담을 하며 나눈 것은 아니었다. 남자가 해야 할 일과 여자가 해야 할 일이 당연하다는 듯 우리 머릿속에 자리 잡고 있었다.

아이가 밤새 아프면 그때부터 머릿속에서 내일 아침 일정을 재배치한다. 몇 달을 기다린 교육은 겨우 시간이 맞아 수강료까지 지불한 상태였다. 오전 일곱 시에 일어나, 신랑이 두 아이들을 챙겨서 등원시킬 수 있게 옷도 미리 꺼내놓고, 밥도 차려놓고, 아이 가방도 다 챙겨놓은 상태였다. 내 몸 하나만 챙겨서 서울행 버스를 탄 후 교육에 참여하면 되는 그런 시나리오였다. 체온계 온도가 38도 이상이면 교육은 일단 취소다. 새벽 내 떨어질 수도 있지만, 열이 올랐던 아이를 어린이집에 등원시킬 수는 없기 때문이다. 직장에 출근하지 않고 프리랜서로 근무하고 있는 나의 일정 조절이 사업장에 항상 출근해야 되는 신랑보다는 자유롭다. 아이들에게 일이 생길 때마다 내 일정부터 조절해야 되는 당연한 상황이 가끔은 불편하다.

롯데그룹이 지난 2018년 10월부터 〈저출생 극복 프로젝트〉의 일환으로 진행하고 있는 〈남성육아휴직-육아휴직 후 비로소 보이는 것들〉 캠페인 TV광고에는 이런 자막이 나온다. '우리나라 남성육아휴직자 10명 중 1명이 롯데의 아빠들'. 주변에는 육아휴직을 입 밖으로 꺼내기도 힘든 사람들이 많은데 이 통계를 믿어야 하나 싶다. 통계청에 따르면 지난해 우리나라 남성 육아휴직자는 총 1만 2,043명이었다. 이중 롯데 남성 직원은 10%에 육박하는 1,100명이었다. 광고에 나오는 수치가 거짓말은 아니라는 것이다. 남자와 여자의 육아휴직은 무엇이 맞고 틀리다의 개념으로 설명할 수 없다. 여자의 커리어도 중요하게 생각되어지는 시기이기 때문에 가족, 사회 안에서 당연시되는 문화가 아니라, 어떤 결정이 각 가정에서 효율적이고 효과적인지 판단하고 그 결정에 대한 책임은 회사와 사회가 함께 나누면 안 될까.

지난여름, 한 지역의 초·중학교에서 학교사회복지사로 일하는 분들을 대상으로 성교육지도를 강의했었다. 참가자의 연령대는 40대

초반에서 50대 후반이었다. 내가 십대 때 받았던 성교육은 지나온 시절에 따라 '구시대적 성교육'이 되어 버린 상태였다. 청소년과 나이 차이가 별로 나지 않는 나조차도 현재의 십대들과 문화 및 생각 차이가 나는데, 십대를 상시 만나는 학교복지사 선생님들은 성에 대한 20~30년 전 생각을 갖고 있었다. 나는 또래보다 신체 성장 속도가 빨랐기 때문에 2차 성징도 마찬가지였다. 초경이 시작되던 여름, 어머니께서는 케이크와 잡채, 찌개 등 내가 좋아하는 음식으로 저녁을 만들어주셨다. 꽃다발도 선물해주셨고, 이웃분들이 오셔서 축하해주셨다. 당시 나에게 초경은 '축하받을 만한 일'이었고 몸의 변화는 부끄러운 것이 아니라 당연하고 자랑스러운 일이었다. 이 일화를 선생님들과 나누자 다들 놀랍다는 표정이었다. '생리'라는 단어 대신 '그거'라는 단어를 사용하고, 편의점이나 마트에서 생리대를 구입하면 마트 직원은 검은색 봉지에 포장을 해서 고객에게 건네준다. 남녀공학이었던 중학생 시절에는 쉬는 시간 화장실이라도 가려고 하면 소매나 치마 속에 생리대를 재빨리 숨겨서 교실 문을 나왔다. 우리 아이들이 초경을 부끄러워하지 않고, 자극적으로 생각하지 않고, 편하고 자연스러운 현상으로 나눌 수 있을 때까지는 꽤 오랜 시간이 필요할 것 같다.

2017년, 10년 간 타지에서 생활하다가 신랑이 사업을 시작해서 고향에서 살게 되었다. 친구의 존재를 필요하게 생각하지 않다가 막상 고향으로 오니 친구들이 그리워졌다. 아이를 데리고 병원을 다니다 보면, 마트에 가서 우연히 마주치는 사람 중에는 '아! 동창인데'라는 생각이 드는 사람도 있다. 선뜻 아는 척을 하기가 쉽지 않다. 중학교 동창인지, 고등학교 동창인지조차 기억이 나지 않기 때문이다.

남녀공학을 나왔던 나는 그 당시 여자 친구들의 감정을 헤아리는 것이 서툴렀다. 서툴렀다기보다는 불편했다. 앞에서는 간이든 쓸개이든 다 내줄 것 같은 우정도 뒤에서는 "현아가 네 흉을 봤다고 하던데."라며 있지도 않은 이야기를 만들어 내는 여자라는 존재가 힘들었다. 모든 여자가 그런 것은 아니지만 그 당시 내 주위에 여자 친구들은 자리에 있지 않은 사람을 화젯거리로 만들어서 친목을 다졌다. 그런 관계가 어렵게 느껴져서 일부러 여자 친구들을 멀리 했다. 자연스럽게 남자 친구들하고 더 많은 시간을 함께했다.

집안일의 취미가 없는 나이지만, 집이 어수선한 것은 참지 못한다. 어차피 정리해야 할 것들이라면 '지금' 치우는 게 마음이 편하다. 그래서 가만히 앉아 있지를 못한다. 일곱 살 아들과 세 살 둘째는 정리하는 시간보다는 어지르는 시간이 더 많다. 한 시간 치워도 십 분이면 원상 복귀 되는 곳이 우리 집이다. 신랑과 나, 두 사람 모두 직장에 출근하던 시기에는 퇴근 후 집이 어수선해도 그러려니 했지만, 지금은 내가 집에 있는 시간이 많아져 개지 않은 빨래, 하지 않은 설거지가 신경이 쓰인다. 집의 풍경을 의식적으로 외면하기 위해 노력하고 있다. 베이비부머 세대에는 집안일은 오롯이 여자의 몫으로 당연히 여자가 해야 하는 일이었다. 점점 남편이 집안일을 '도와주는'

형태로 바뀌다가 지금의 젊은 세대는 '함께'하고 있다. 먼저 보는 사람이 하고, 시간이 되는 사람이 하면 된다. 하지만 노력하지 않으면 안 된다. 보이지 않아도 보기 위해 노력해야 한다. 핸드폰을 만지작거리던 것을 멈추고 자리에서 일어나 제자리에 있지 않는 책과 장난감을 치우기 시작하는 것부터 시작해야 한다.

산업화 사회가 되면서 부부 중 한 명은 일터로, 한 명은 집안에서 아이를 돌봐야 했다. 남자는 가계를 위해 돈을 벌어오고, 여자는 집에서 육아와 집안일을 책임지는 이분법적인 역할 분담이 지속되어져 왔다. 여자의 사회 진출과 성공이 전에 비해 빠른 속도로 진행되고 있다. 고학력 여성은 출산과 육아를 이유로 집에 있어야 되는 상황을 거부한다. 그럼에도 여전히 남자는 경제적 부담을, 여자는 살림과 육아에 대한 부담을 주로 느낀다. 각자의 부담을 서로와 나누고 싶어 하지만 생각보다 쉽지 않다. 소설 《82년생 김지영》이 출간되고 영화로 제작된 이후, 신랑과 나는 만나기 어려운 평행선을 계속 달리고 있다. 남자가 가장이 되면 생기는 책임감은 여자인 내가 평가하거나 논할 수 없는 부분인 듯하다. 남자와 여자의 '당연함'보다는 서로 조금씩 배려하고 양보하고 이분법적인 남녀 역할 구분에서 벗어나야 한다. 상황에 따라, 때에 따라, 남녀의 부담과 역할을 유연하게 변할 필요가 있다.

내 자신부터 사랑할 줄 아는 여자

 질문을 던져준 책   셰릴 샌드버그 《린 인》
그 속에서 만난 질문   내가 일과 사생활 완벽함을 추구해야 되는 이유는?

9평, 6년 전 마련했던 신혼집의 평수이다. 방은 2개였지만 거실과 주방 구분은 따로 없었다. 신혼집을 채운 가전과 가구 중에서 우리 부부가 구입한 것이라고는 테이블과 책장뿐이었다. 나보다 돈을 훨씬 잘 버는 여동생이 구입해준 세탁기, 신랑보다 돈을 훨씬 잘 버는 여동생이 구입해준 냉장고. 선뜻 우리의 신혼살림을 마련해준 동생들은 어떤 마음이었을까? 신랑과 나는 동갑이다. 사회생활은 당연히 2년 차이가 날 수밖에 없었고 내가 저축을 해놓은 약간의 돈이 있을 때 신랑에게는 아무것도 없었다. 신랑은 연애하는 내내 대학생 신분이었다. 졸업 후 첫 직장은 내가 근무하고 있던 직장에 계약직 직원. 연애하는 동안 서로의 과거를 공유하기보다는 각자가 그리고 있는 미래를 함께 그렸다. 어떤 목표가 있는지, 어떤 꿈이 있는지를 공유했고 각자가 있는 자리에서 최선을 다했다. 우리는 같은 꿈을 꾸고 있다 보니 함께 나눌 수 있던 것도 많았다. 그랬기 때문에 아버지를 일찍 여의고 하루하루 먹고 살기 바빠 모아 놓은 돈은 없었지만 가족에 대한 애틋함으로 우리 가족에게도 진심을 다할 것 같은 마음이 보였기 때문에 결혼을 결심했다.

아무것도 없이 시작하다 보니, 최소한의 것만으로 결혼을 준비했다. 다른 사람들은 평생의 한번뿐인 결혼식과 신혼여행이기 때문에 후회하지 않을 만큼 돈을 쓰고 해외로 떠난다고들 하지만 우리는 제주도를 선택했다. 제주도로 신혼여행을 떠나면서 우리는 해외는 평생 한 번도 가지 못하더라도 제주도는 일 년에 한번 꼭 오자고 결심했고, 결혼 6년 차인 올해까지 매년 제주도를 여행하고 있다. 자동차가 없다보니 직장이 위치한 시내에 방을 얻는 것은 생각보다 쉽지가 않다. 가장 큰 문제는 바로 돈이다. 모아놓은 전세금으로 찾은 9평의 집은 지은 지 20년도 넘은 건물에 3층. 그리고 외풍이 너무 불어 겨울에 책을 읽기 위해 책상 앞에 앉으면 히터기를 끌어안아야 할 정도이다. 외풍이 부는 집에서 2번의 겨울을 보내면서 "아이가 태어날 때쯤은 외풍이 불지 않는 집으로 이사 갔으면 좋겠다."라며 돈을 모으기 시작했다.

드림리스트에 있던 '내 이름으로 된 집 구입하기'와 '내 이름으로 된 차 구입하기'는 8년 만에 이루어졌다. 누구나 원하는 꿈 중에 하나이고 나 역시도 꿈 목록에 꾸준히 적을 정도로 이루고 싶은 꿈이었다. 첫째아이를 출산할 때쯤에는 외풍이 불던 9평짜리 집에서 그나마 외풍이 불지 않는 18평 건물로 이사를 했다. 이사한 집은 상가 건물 3층이었기 때문에 지내는 내내 밤늦게까지 오토바이와 자동차 소리가 들렸다. 1층에서 올라오는 담배 냄새를 맡으며 아이를 키웠다. 4년 후에는 신혼집에서 3배 평수를 키워서 이사를 했다. 꿈이 이루어진 순간이었다. 신랑을 믿고 의지한 결과라고 생각한다.

첫째 임신기간 동안 몸무게가 12kg 정도 증가했었다. '임산부니깐 많이 먹어도 돼. 그리고 그때 늘어난 몸무게는 출산하고 나면 다 줄어들어.'라고 말해주는 사람은 없었다. 과한 몸무게 증가는 나와 아이의 건강에도 좋지 않고, 출산 후 살이 저절로 빠진다는 보장도 없었다. 그래서 임신 기간 동안 과하게 음식을 섭취하지 않았고 산부인과 의사가 말하는 '딱 좋은 상태'로 출산을 했다. 출산 후 몸무게는 드라마틱하게 줄지 않았다. '육아가 힘들다'는 핑계로 먹고 또 먹었다. 운동할 시간도 여의치 않았다. 바람 빠진 풍선 같은 배가 그대로 나를 따라다녔다. 당연히 임신 전 입었던 옷들이 맞지 않았다. 이십대 다이어트의 목적이 입고 싶은 옷을 입기 위해서였는데, 그때 구입했던 옷이 옷장 안에서 자리만 차지하고 있다. 한 달 뒤면 복직인데 입을 옷이 없어 다시 구입해야 했다.

아이가 만 2세가 된 해, 서울에 있는 대학원에 입학해 일주일에 세 번 등교를 했다. 하루는 학교 근처에 있는 청소년 기관에 방문을 할 일이 생겼다. 대학교 동기가 근무하고 있는 곳이었다. 졸업 후 8년 만의 만남이었다. 오랜만에 만나는 기쁨보다는 신경 쓰이는 것은 나의 몸이었다. 그 아이의 최근 기억에는 '지금보다 십 킬로그램이나 마른 내가 있을 텐데…….'라는 생각에 사무실로 올라가지 못하고 건물 1층에 화장실에 들어가 거울에 나의 모습을 비춰보았다. 뚱뚱하고 못나보였다. 입고 간 외투에 옷깃을 더욱 당겨서 몸매가 드러나지 않게 해보았다. 정작 동기는 나의 몸매 따위는 아랑곳하지 않을 텐데 한번 쓰이기 시작한 나의 모습은 대화를 나누는 내내 신경 쓰였다.

모델 장윤주는 자유롭게 자신을 표현할 줄 아는 여자이다. 그녀는 삶에서 중요하게 생각하는 가치가 바로 '표현'이라고 했다. 머리로 알 수 있고, 말로 할 수 있지만 표현하지 못한다면 아는 것이 아니며 자기 것이 아니라고 했다. 자기만족을 위해, 내가 어디에 있느냐보다 누구와 함께 있느냐가 중요하다고 한 장윤주처럼 다양한 방법을 나를 표현하면서 삶의 가치를 만들어간다면 나를 사랑하는 마음이 올라갈 것이다. 삶의 가치는 타인이 세워놓은 기준이 아닌 스스로 정해놓고 만들어가야 한다. 남에게 끌려다니면 자기만족을 느낄 수 없다. 내가 하고 싶은 일, 해야 되는 일, 하고 있는 일 모두가 시킨 일이 되어서는 안 된다. 학창시절 공부도 부모님이 하라고 하면 더 하기 싫어졌던 경험은 누구나 있을 것이다.

늦은 밤, 첫째 아이를 침대에 눕히고 옆에 누웠다. 잠드는 것 같았던 아이가 "엄마, 나 다리 아파."라고 했다. 피곤하기도 했고, 별일 아니라고 생각했기 때문에 빨리 아이가 잠들기만을 원했다. "그래? 일단 자고, 내일 일어나서도 다리 아프면 병원 가자." 예전 같으면 "알았어." 한마디 후 잠자리에 들었을 아이가 계속 "아니, 나 다리 아프다고."라며 우는 소리를 냈다. 이야기가 끝나지 않았다. 나는 계속 내일 병원을 가자고 했고, 아이는 계속 아프다고 했다. 어디서부터 잘못된 걸까. 아이가 원하는 대답은 무엇일까. 그러다가 문득 '공감'이 필요한 순간이라는 것을 느꼈다. "우리 훈이 다리 많이 아파?" 하니 아이는 그제야 자기가 원하는 대답을 들었다는 듯 "응. 아파." 하더니 잠에 들었다. 미안해졌다. 아이가 듣기 원했던 말은 "그랬구나." 한마디였는데 말이다.

첫째는 10개월간의 출산휴가와 육아휴직을 끝내고 복직을 이유로, 둘째는 너무 빨리 '육아의 힘듦'이 찾아와서 두 아이 모두 8개월 만에 어린이집을 보냈다. 올해 7살이 된 첫째는 첫 어린이집을 비롯해 2번의 어린이집을 옮길 때마다 '적응기간'이라는 것이 따로 필요 없을 정도로 새로운 환경에 금방 적응을 했다. 둘째는 달랐다. 엄마와 함께 갖는 적응 기간이 일주일, 엄마 없이 1시간 놀이 시간을 갖은 게 일주일, 2시간으로 놀이 시간을 늘려서 거의 삼 주 가까이 적응 기간이 필요했다. 적응 기간이 끝나간다고 생각했지만 낮잠을 편히 자지 않았다. 아이가 새로운 환경에 적응했다는 신호가 '밥, 배변, 잠'이라고 했는데 밥은 진작부터 잘 먹었다. 문제는 '잠'이었다. 그러다 보니 어린이집을 옮겨야 되는 3월이 되자 개인적인 스케줄을 모두 조절하고 적응 기간 삼 주를 기본적으로 생각하게 되었다. 새로운 어린이집에서 적응 기간과 관련해 별다른 이야기가 없어서 선생님을 찾아가 질문을 했다. 어린이집 입소 일주일만 점심 먹고 12시에 하원하고 군이 엄마가 같이 등원을 할 필요가 없다고 했다.

"어머님이 불안하시다면 같이 등원하셔도 돼요."라고 이야기하는 선생님의 이야기를 듣자 괜한 걱정을 했다는 생각에 헛웃음이 나왔다.

쇼펜하우어는 "우리가 남들과 같아지기 위해서는 우리 인생의 3/4를 잃어버린다."고 이야기했다. 모든 사람들에게 인정받기를 바라는 것은 기본적인 욕구이다. 나 역시 일을 하면서 직장 동료와도 좋은 관계를 유지하면서 상사한테도 예쁨받기를 원했다. 개인적인 욕심도 있었지만 잘 보이기 위해서 일을 하는 것도 아예 없진 않았다. 그러는 과정에서 동료와의 마찰이 생기기도 했다. 사회생활을 시작한 지 얼마 되지 않았을 시기였기 때문에 어떻게 대처해야 할지도 몰랐다. 내 주변에 있는 사람 열 명이면 열 명 모두에게 예쁨받고 사랑받고자 하는 욕망은 나 자신을 지치게 만들었다. 나를 싫어하고 시샘하는 사람들을 피할 수 없는 것을 받아들이는 데까지는 오래 걸렸다.

"현아야, 모든 사람들에게 예쁨받을 필요는 없어."

결국 내 기준이 아니라 타인의 기준에 나를 늘리거나 줄이려고 하기보다는 스스로를 사랑해야 할 것이다.

사람, 사랑, 이별

질문을 던져준 책 그림은《한번쯤 네가 나를 그리워했으면 좋겠다》
그 속에서 만난 질문 나의 마음에 상처를 주었던 그 친구들도 나를 가끔이라도
생각하고 있을까?

연애 3년, 결혼 7년차. '사랑'이라는 단어에 무뎌질 수도 있는데
아직도 드라마 속 사랑이야기에 가슴 절절해하고 공감하게 되는 이
유는 무엇일까.

'더 많이 좋아하는 사람이 지는 거야.'

나의 인간관계는 항상 지는 게임이었다. 특히, 연애에서는 말이
다. 2007년 대학교 4학년 여름. 초등학생 시절, 수학여행으로 갔던
경주로 캐리어 가득 짐을 싣고 떠났다. 그곳에서 동진이를 처음 만났
다. 2주 동안 여자 세 명, 남자 네 명은 교육단원이라는 이름으로 함
께 지냈다. 경주 문화재를 공부하며 여름을 보냈다. 동갑이었던 동진
이는 경상도 사람이었다. 여름이 지나고 추석 연휴를 고향에서 보낸
후, 다시 경주로 복귀하던 날. 단원들끼리 경주 시내에서 술 한 잔을
기울이고 숙소로 돌아가기 위해 택시를 기다렸다. 술기운을 핑계로

좋아하는 감정을 고백했고, 이런 나의 행동을 유심히 지켜보던 한 아이가 있었다. 나인이는 동진이와 2년 넘게 친구로 지낸 사이였다. 그동안에는 자신이 동진이에게 호감이 있는지 몰랐다가 순간 자신의 감정을 깨달았던 것이다. 같은 날 저녁, 나인이 역시 동진이에게 좋아한다고 이야기했다. 그는 먼저 고백한 나의 감정을 받아주었다. 문제는 받아주기만 했을 뿐이었다. 동진이는 가끔 '나랑 연인관계인 게 부끄러운가?'라고 생각될 정도로 다른 사람의 눈치를 보았다. 아침부터 저녁까지, 때로는 야근까지 함께하면서 매일 보는 사이지만 고백하기 전과 후는 차이가 없었다.

그해 10월. 동료들과의 헤어짐을 준비했다. 근무 특성상 경주로 청소년들이 수학여행을 오지 않는 12월에는 각자의 자리로 돌아가야 했다. 그날은 회식이 있었다. 6명으로 시작했던 교육단은 단원이 늘어서 10명 가까이 함께하고 있었다. 경기도, 경상도, 전라도 전국에서 온 단원들은 회식 자리가 길어지자 평소 가지고 있던 불만들을 내뱉기 시작했다. 조절되지 않은 감정은 결국 남자들 간의 몸싸움이 되었다. 동진이는 그날 얼굴을 크게 다쳤다. 다음날 아침 여자친구였던 나는 약국에서 약을 구입해 다른 단원들이 눈치 채지 않게 동진이의 숙소로 향했다. 조심히 문을 열자 보이는 장면은 동진이 옆에서 얼굴에 연고를 발라주는 나인이었다. 숨을 죽였다. 조용히 돌아섰다. 동진이는 친구가 병간호 해준 것인데 왜 화가 난 것이냐며 나에게 오히려 물어봤다.

12월이 되어 고향으로 내려간 우리의 유일한 연락 수단은 핸드폰과 인터넷이었다. 그는 나인이를 계속 신경썼다. 나는 동진이가 화를 낼까봐 눈치를 자주 봤다. 만나면 한없이 잘해주지만 떨어져 있는 시간에는 연락을 기다리며 핸드폰만 쳐다보는 연애에 조금씩 지쳐갔다. 우리의 연애는 먼저 시작한 내가 끝낼 수밖에 없었다.

2018년 12월. 면접을 보기 위해 낯선 동네 터미널에서 하차했다. 집에서 대중교통으로 한 시간 삼십분 거리였다. '이곳에 취직하면 자취해야겠다'라며 내렸다. 안성도 터미널이 발전하지 않아서 시골스러운데 이천은 더 시골스러웠다. 터미널 대합실 중앙에는 쓰레기통이 쓰러져 있었다. 이천과의 첫 만남이었다. 면접 장소는 터미널에서 걸어서 십오 분 거리였다. 초행길이라 걸어가지 않고 택시를 탔다. 가까운 거리라 그런지 택시기사는 "걸어서도 갈 수 있는데."라며 투덜거렸다. "제가 초행길이라 그래요."라며 나 역시 싫은 내색을 했다. 기관에 도착하니 며칠 전 전화 통화를 했던 팀장님이 맞이해 주셨다. 면접자에 대한 궁금함인지 다른 직원들도 사무실 문을 열어 보았다. 면접자는 나 혼자였다. 면접관은 관장, 팀장, 그리고 시청 담당 공무원까지 총 세 명이었다. '청소년 기관 직원 뽑는데 공무원까지 면접을 봐?'라는 생각도 있었지만 긴장한 탓에 더 이상의 궁금함을 애써 지웠다. 면접은 어렵지 않았다. 대신 공무원의 마지막 질문이 나를 당황스럽게 했다.

"이천 남자 만나서 결혼해서 평생 여기서 살아요."

"저 남자친구 있는데요."

그랬던 내가 진짜 이천 남자와 결혼해 이천을 제2의 고향으로 생각하고 살게 되었다. 담당 공무원은 4년 뒤 신랑과 나의 결혼식에 참석해 진심으로 축하해줬다.

　미투 운동영어: Me Too movement은 성폭행이나 성희롱을 고발하기 위한 것으로 미국에서 시작되었다. 2017년 10월 할리우드 유명 영화제작자인 하비 와인스틴의 성추문을 폭로하고 비난하기 위해 소셜 미디어에 해시태그#MeToo를 다는 것으로 대중화되었다. 성폭행이나 성희롱을 고발하기 위해 시작했던 미투 운동은 연예인들의 학창 시절 학교폭력을 고발하는 미투 운동으로 이어졌다. 인기 오디션 프로그램에서 연습생이 프로그램이 본격적으로 시작하기도 전에 하차를 했다. 유명 엔터테이먼트 연습생이었던 그는 프로그램 초반 인기를 끌었으나 그가 학교폭력 가해자라는 글이 인터넷에 등장했고, 결국 그는 오디션 프로그램과 엔터테이먼트에서 퇴출되었다. 그 이후, 한창 인기를 끌던 연예인들의 학교폭력 미투는 계속 인터넷 화젯거리였다. 과거에는 학교폭력이 누구나 가해자 또는 피해자가 될 수 있는 일탈 정도로 여기는 분위기였으나 2000년대 이후 학교폭력 문제는 심각해졌다. 아프리카 속담 중 "도끼는 잊어도 나무는 잊지 못한다"라는 말이 있다. 가해자는 한순간의 일탈이고 장난이었을지 몰라도 피해자는 평생 후유증을 가지고 살거나 심지어 극단적인 선택을 하기까지 한다.
　기억에서 지우고 싶은 과거임에도 불구하고 강의 사례로, 이렇게 책 내용으로 나는 학교폭력 피해자였던 중학교 시절을 털어놓고 있다. 가해자였던 아이들은 늘 했던 것처럼 나를 대했을 것이다. 신체검사가 있던 날 저녁, 초등학교 운동장으로 나오게 해서 나를 둘러싸고 부정적인 이야기를 쏟아냈던 아이들은 그저 "옆에 있는 아이도 하니깐 나도 해도 상관없겠지?"라는 마음이었을 것이다. 일대 일이 아니라 많은 수의 가해자들과 나 혼자만의 어려움으로 진행되었던 학교폭력은 책임의 분산으로 아무런 죄의식도 갖지 않았을 테다. 학교폭력에서 가해 학생들이 죄책감과 미안한 마음을 거의 갖지 않는 이유는 여러 명이 같이한 행동이기 때문이다. 그들은 서로에게 책임을 전가하고 죄책감과 미안함도 나눈다. 이들은 누군가가 그들에게 잘못을 지적하면 단순히 장난이었다고 이야기하고 피해 학생이 겪은 고통에 대해 설명을 들어도 다치게 하거나 아프게 할 의도는 없었다는 말로 상황을 모면하려고 한다.

유튜브 채널의 〈왕따였던 어른들〉은 학창시절 '왕따'를 당했던 기억을 갖고 어른으로 커버린 10명이 모여 각자의 경험을 풀어놓는 영상이다. 이 영상의 전문을 엮어 《나의 가해자들에게》가 출간되었다. 책의 에필로그에는 〈왕따였던 어른들〉 출연 이후, 주변의 반응과 그동안 어떻게 지냈는지도 함께 실려 있다. 영상을 보고 생각보다 많은 가해자 또는 방관자들이 연락을 취해왔다고 한다. 그들의 반응은 "나는 아니지?"였다. 가해자는 지나면 모를 수도 있고, 한때의 방황이고 일탈이었을지도 모르겠지만 피해자는 평생을 안고 살아간다. 나의 마음에 상처를 주었던 사람들 역시 어떤 의도를 가지고 했던 행동은 아니었겠지만 나는 성장한 이후에도 가끔씩 꿈에 나타나고, 이렇게 글로 풀어내면서 옅어지길 바라고 있다. 시간이 더 지나도 사라지지는 않겠지만 점점 희미해지길 바란다.

여자의 로망

질문을 던져준 책　김수영 《당신의 꿈은 무엇입니까?》
그 속에서 만난 질문　꿈, 그리고 나의 로망

결혼식의 주인공인 신부. 그녀를 둘러싸고 있는 하객들. 화려한 결혼식장과 그 안에서 울려 퍼지는 축가. TV 속 드라마 여자 주인공의 결혼식 장면은 비슷하다. 나의 결혼식 역시 비슷할 것이라고 막연하게 생각했다. 결혼식이 끝나고 국제공항으로 커플티를 입고 출발하는 모습과 하와이, 괌 등 따뜻한 나라에서 즐기는 신혼여행을 꿈꿔왔다.

지금은 두 아이의 아빠가 된 신랑은 고등학생 때 아버지를 여의고 어려운 시기를 보냈다. 대학 입학금과 등록금이 부담스러워 어머니께 축하받지 못했었다. 3년간의 연애시기를 지나 이제 막 직장에 취업해 일을 시작했던 시기에 우리는 결혼 계획을 세웠다. 조금이라도 사회생활을 일찍 시작한 내가 그동안 모아 놓았던 돈으로 시작하면 되겠다고 생각했다. 자취했던 전세금으로 결혼 자금을 했다. 집 안에 들어가는 가전과 가구는 동생들이 구입해줬다. 예물은 하지 않고 반지 교환은 끼고 있던 커플링으로 하기로 했다. 그래도 스. 드. 메 즉 스튜디오, 드레스, 메이크업은 포기하지 못했다. 신혼여행은 하와이, 괌은 진작 패스했다. 해외여행을 알아보다가 '나중에 가자'라는 생각에 제주도를 선택했고 대신 신혼여행 기간을 일주일로 계획했다. 결혼식 준비를 하면서 '나의 결혼식'에 갖고 있던 로망과 꿈들을 하나씩 내려놨다. 아쉽거나 아깝지는 않았다. 평생 한 번밖에 없는 행사에 돈과 에너지를 투자할 필요는 없다고 생각했다.

김수영 작가의 《당신의 꿈은 무엇입니까》를 출간하고 얼마 되지 않은 시기에 행사가 진행되었다. 그녀가 1년간 만난 365명의 꿈과 삶과 사진을 영상, 스토리로 만나는 행사였다. 관람객들이 스스로의 꿈을 생각하고 써보고 말하고 그려볼 수 있도록 하는 〈꿈꾸는 지구〉 전시전 그리고, 김수영 작가에 47번째 꿈이기도 한 평범한 사람들의 소중한 꿈을 이야기하며 서로를 응원하는 토크쇼인 〈DREAM SHOW〉까지 함께했다. 행사가 개최된다는 소식에 대학 후배와 이 페스티벌을 찾았었다. 행사에 참여할 수 있어서 기쁘기도 했지만, 세부 프로그램 하나하나에 관심을 기울였던 이유는 나의 꿈 중 하나인 '드림 페스티벌'에 대한 세부 팁을 얻을 수 있을 것 같았기 때문이다.

10년간 청소년지도사로 청소년을 만나면서 가장 많이 했던 질문인 '너의 꿈은 무엇이니?' 하고 싶은 일, 되고 싶은 모습, 갖고 싶은 것, 가보고 싶은 곳, 아이들의 가슴을 두근거리게 할 수 있는 것들을 남기는 것. 이 모든 것을 나 혼자서가 아니라 청소년들이 기획하고 진행할 수 있도록 독려하는 청소년지도자가 되고 싶다는 나의 꿈.

대학원 교수님께서는 "주변인들에게 '너의 꿈은 무엇이니?'라는 질문을 듣고 자란 청소년들과 그렇지 않은 청소년들은 꿈을 인지하는 정도가 다르다."라고 이야기하셨다. 물론, 부모님을 비롯한 주변 사람들이 "넌 도대체 뭐가 되려고 하니?"라는 질문부터 "넌 꿈이 뭐야?"라는 질문이 스트레스가 되기도 한다. 꿈이 없는데 질문에 대한 답을 회피하기 위해 '가짜 꿈'을 만들 수도 있다. 그럼에도 우리는 청소년들에게 묻고, 성인들에게도 물어야 한다. "당신의 꿈은 무엇입니까?"라는 질문은 잊고 살았던 꿈을 상기하고 꿈에 대한 생각을 확장할 수 있도록 도와줘야 한다.

청소년을 대상으로 한 진로독서 프로그램에 대한 요구가 많아지고 있다. 강의 기획을 하기 위해 수업 시 활용할 수 있는 책들을 읽어보고 있는데 진로와 관련된 책들은 대부분 꿈이 직업에만 한정되어 있어서 아쉬움이 남는다. 2012년 봄, 연구사업으로 청소년 멘토링 활동을 진행하게 되었고 고등학생 멘토를 모집했다. 멘토 선발을 위해 고등학생 참가자에게 활동을 지원한 이유를 질문했다.

"멘토링 활동을 지원한 이유가 무엇인가요?"

"선생님이 꿈이기 때문입니다."

입학하고자 하는 대학에서 자원봉사활동 시간을 기본적인 스펙으로 요구하고 있고, 단순 자원봉사보다는 학과와 연관이 되는 활동으로 자원봉사를 하기 위함이다. 활동 자체에 대한 의지보다는 입시에 도움을 받기 위한 청소년 활동으로 바뀌는 순간이었다. 멘토 지원자들의 천편일률적인 답변은 실망만 안겨줬다. 봉사활동 시간과 대학교 입시를 위해 청소년 활동을 스펙으로 생각하고 있는 청소년들의 모습은 어쩌면 당연하다. 목표가 있고 그 목표를 위해 차근차근 경험을 쌓는 청소년들의 모습은 긍정적이지만 청소년 활동이 갖는 본질적인 의미에 대한 고민이 필요하다고 본다. 여전히 청소년 토론대회, 인권 캠프 등을 홍보하는 기관은 홍보 문구에 "스펙"이라는 단어를 사용하고 있기 때문이다.

매년 수능이 끝나면 점점 복잡화되는 대입제도의 불편한 진실을 마주하게 된다. 본고사 시절을 지나고 학력고사를 거쳐 수능으로 정착했던 교육정책은 마무리되었다. 요즘에는 내신과 수능, 논술, 면접 거기다가 스펙이 모두 충족되어야만 원하는 대학입학을 할 수 있는 정책으로 진화되고 있다. 2019년 수능이 얼마 남지 않은 시점. 매년 수능 고사장에서는 부정행위 방지를 위해 샤프와 컴퓨터 사인펜을 수험생에게 일괄 지급한다. 2012학년 이후 매년 같은 샤프가 제공되었는데 2019학년 시험에서는 8년 만에 변경되는 것이다. 수능시험과 동일한 환경에서 연습하기 위해서 미리 샤프를 구매해서 준비하던 수험생들에게는 중요한 문제였다. 길게는 십 년 넘게, 짧게는 일 년 가까이 수능시험 하루를 위해 노력한 청소년들에게 너무 쉽게 샤프 하나에 '예민하다'라고 평가할 수 있을까?

얼마 전 KBS 예능프로그램 〈대국민 토크쇼 안녕하세요〉에서는 초등 4학년 어린이가 과도한 학원 일정과 부모의 기대에 힘들어하는 사연이 방송을 탔다. 주인공 어린이는 과도한 학원 일정에 편의점에서 식사하거나 집에 오면 책을 읽어야 엄마가 밥을 준다고 밝혔다. 아이의 과도한 사교육은 아이 자신이 아니라 어머니에 의한 것이었다. 스펙 쌓기는 초등학생 때부터 보호자로부터 요구되고 있다. 배우고 싶어도 배우지 못했던 시절을 겪었던 부모들이 자식들의 교육에 열을 올리다 보니 스펙 쌓기 경쟁은 점점 더 과열되고 있다. 오히려 부모들은 할 수 있을 때 공부하고 스펙을 쌓을 수 있는 아이들에게 "복 받았다."라고 이야기한다.

주변을 둘러싸고 있는 사람들이 바뀌었다면, 또는 만나는 사람이 바뀌었다면 한 단계 성장한 것이다. 지금 바로 만나고 있는 사람들을 돌이켜봐라. 일 년 전에 만나던 사람과 지금 만나는 사람이 변하지 않았다면 같은 자리에서 맴돌고 있다는 뜻이다. 읽고 있는 책과 만나고 있는 사람이 바로 나를 대변한다. 우리는 그 시절을 이미 지나왔다는 이유로 청소년들의 꿈과 로망을 너무 쉽게 이야기하고 있지 않은가. 성인의 꿈도 옆에서 지지해주고 응원해주는 사람이 있다면 그 힘을 얻어 꿈이 강해지는 것처럼 청소년의 꿈도 주변 사람들에 따뜻한 말 한마디로 단단해질 테다.

사랑의 언어

질문을 던져준 책 게리 채프먼 《5가지 사랑의 언어》
그 속에서 만난 질문 우리 부부의 사랑의 언어는?

SNS에 로그인했다. 지인들이 무슨 일을 하고 하루를 보냈는지 궁금해서 화면을 쳐다보는 시간이 길어진다. 아침부터 내린 비 때문인지 막걸리와 파전 사진이 많았다. 음식 사진 사이에 분홍색 꽃 한 다발 사진이 보였다. 꽃 사진 아래에 '#서프라이즈, #꽃다발선물'이라는 글귀에 '부럽다'라는 생각이 먼저 들었다. 나와 신랑은 연애 3년, 결혼생활 6년, 총 9년을 함께했지만 꽃 선물은 열 손가락 아니, 다섯 손가락 안에도 들지 않는다. 꽃뿐만 아니라 기념일에도, 기념일이 아닌 날에도 깜짝 선물을 받아본 적이 없다. 그래도 신랑에게 서운하다는 생각이 들지 않는다. 나에게 사랑을 표현하고 확인하는 방법 중 선물이 차지하는 부분이 적기 때문이다.

신랑이 동갑내기 친구가 회사를 퇴사한다며, 저녁을 먹고 들어온다고 한다. 집 근처에서 먹으니깐 늦지 않겠다고 했다. 열 시까지는 들어오겠다던 신랑이 열 시가 되어도 들어오지 않는다. 그때까지 두 아이 모두를 씻기고, 밥을 먹이고 겨우 재우고 나오니 어두운 거실에는 아이들이 벗어놓은 옷이 널브러져 있다.

'저 옷들 치우고 자야 되는데', '신랑은 왜 안 들어오는 거야' 생각하며 핸드폰을 쳐다보니 열 시가 넘었다. 자고 있던 방문을 닫고 잠갔다. 약속한 시간에 귀가하지 않는 신랑의 행동은 연애할 때부터 단골 잔소리 소재였다. 열 시 오 분. 현관문 열리는 소리가 들렸고 신랑은 들어오자마자 방문을 열더니 잠겨 있는 것을 확인하고는 씻으러 들어간다. 그냥 그렇게 잘려나 보구나, 하고 생각하고 있는데 갑자기 문이 열린다. 열쇠로 문을 열고 들어오는 신랑 때문에 어이가 없어서 화가 아닌 웃음이 나왔다.

"열시까지 들어오기로 했으면 열 시까지 들어와야지! 기다렸잖아!"

아침 일찍 돈을 벌기 위해, 출근을 하고 저녁 늦게 들어오면 녹초가 된다는 것을 누구보다 잘 알고 있다. 사무실에서 있는 시간이 많던 1~2년 전과는 달리, 신랑은 운전하는 시간도 길어졌고, 몸을 쓰는 육체노동이 증가했다. 그럼에도 불구하고, 저녁시간 집안일을 나와 함께하기를 기대한다. 두 아이의 흔적을 치우는 것은 말하지 않으면 하지 않는 신랑을 보면 한숨만 나온다. 하루 이틀은 참는다. 표정이 굳은 것을 알아차리지 못하면 그다음은 티가 나게 한숨을 크게 내쉰다. 그것도 못 알아들으면 '어지르는 사람 따로 있고, 치우는 사람 따로 있나'라며, 아이들까지 한 번에 묶어서 잔소리를 한다. 그제야 알아차리고 치우기 시작한다. 이러한 주기가 일주일이다. 짧으면 삼일 만에 원상복귀가 된다.

게리 채프먼은 《5가지 사랑의 언어》에서 사람들이 사랑을 표현하고 이해하는 방법에는 5가지 있다고 한다. '인정하는 말', '함께하는 시간', '선물', '봉사', '스킨십'이다. 사랑이라는 감정을 표현하는 방법이 무엇이냐에 따라서, 연인 관계든 부부 사이든 서로의 사랑의 언어가 다름을 인정하고 필요한 부분을 채워줄 필요가 있다. 책을 완독후에, 나와 남편은 책 맨 뒤에 있는 5가지 사랑의 언어 검사를 해보았다. 신랑은 1순위가 스킨십, 2순위가 인정하는 말이었고, 나는 1순위가 봉사, 2순위가 함께하는 시간이었다. 연애 초기, 신랑으로부터 이책을 선물 받고서는 남녀 사이의 사랑의 언어가 다를 수 있음을 알았다. 둘의 사랑의 언어가 다르기 때문에 상대방이 나의 욕구를 채워주지 않을 때 화가 날 경우에도 '아, 신랑과 나는 사랑의 언어가 다르지'라며 한 템포 쉬어가고 있다.

서희와 엄마는 함께 그림책 만들기 수업을 참여했다. 다른 가족들은 스토리 보드가 채워졌으나, 서희는 비어있는 종이만 빤히 쳐다볼뿐이다. 서희 앞에 앉아서 말을 걸었다.
"서희야, 어떤 점이 어려워?"
서희는 대답하지 않고, 엄마를 한번 쳐다보았다.
"왜, 날 쳐다보고 그래. 선생님이 물어보시잖아."

서희는 아무 말도 하지 않았다. 뻔한 말만 해주고 자리를 뜰 수밖에 없었다.

"잘할 필요 없어. 그리고 싶은 걸 그려 어려우면 선생님한테 물어보고."

과정이 진행되는 내내 서희는 엄마의 눈치를 보았다.

부부 관계와 연인 사이뿐만 아니라 부모와 자녀 사이에도 사랑의 언어가 다름을 인정할 필요가 있다. 아이가 부모에게 '사랑받고 있구나'라고 생각하는 부분이 부모가 생각한 것과는 다를 수도 있다. 맞벌이 하느라 아이와 눈 한번 마주치지 못하더라도 인형이나 장난감 등을 수시로 사다주면 좋아하는 아이가 있고 자신의 성취를 칭찬해주고 자랑스러워 해주길 원하는 아이가 있다. 또한 부모와 여행을 가는 것을 선호하는 아이도 있다. 이와 같은 차이는 기질적인 것도 있겠지만, 어린 시절 충족되지 못한 5가지 사랑의 언어가 있기 때문이라고 본다.

최근에는 내가 알고 있던 사랑의 언어가 '진짜 나의 사랑의 언어가 맞나?'라는 의문이 들기도 한다. 7년 전 결혼식을 준비하면서 예물을 따로 준비하지 않고 연애 시절 맞추었던 커플링을 결혼반지 대신 교환했었다. 나는 천성이 물질적인 것에 욕심이 없다고 생각했었는데 시간이 지나니 마음 깊은 곳에서 결혼 준비하면서 아쉬웠던 것들이 튀어나왔다.

'커플링 하고 싶다'

'다이아몬드 반지 선물로 받았으면 좋겠다'

'우리도 이제 일 년에 한 번 해외여행 갈 만큼 되지 않나?'

상황이 좋아지자 욕심이 생기는 나와는 달리 신랑은 예전과 변함 없는 생활을 유지하고 있다. 어쩌면 나의 사랑의 언어는 '선물'일지 도 모른다. '나는 원래 그런 것에 관심이 없어'라고 합리화했었던 것 들이 상황 변화에 따라 변할 수도 있으니 사랑의 언어가 늘 똑같지만 은 않은가 보다.

오전 7시 기상, 두 아이들의 등원 시간은 8시 35분. 아침은 늘 바 쁘다. 급한 엄마 마음을 아는지 모르는지 첫째 아들은 아침에 일어나 서 하고 싶은 일을 모두 한다. 스케치북을 가지고 와서 그림을 쓱쓱 그리고 스케치북을 4분할로 나누더니 아빠, 엄마 그리고 자기 이름과 동생 이름을 적는다. 아침밥을 차리고 있는 내 옆에 와서 이야기한다.

"엄마, 아빠는 엑스야! 왜인 줄 알아? 나랑 놀아주지 않으니깐."

이름 옆에 동그라미, 엑스 표시를 하더니 그 의미였나 보다. 신랑 은 자기 이름 옆에 엑스 표시가 있다는 말에 아이와 똑같이 이야기 한다.

"나도 훈이 엑스야! 훈이가 아빠 엑스라고 했으니깐!"

아이가 왜 아빠를 좋아하지 않는지를 궁금해하지 않고, 아빠가 싫 다고 한 이야기에만 집중을 한다.

2017년 10월. 퇴사를 앞둔 시기에 함께 근무했던 선생님에게서 선물과 편지를 받았다. 10년 전, 사회 초년생일 때부터 함께했던 분이었다. 그 분의 편지에는 이렇게 쓰여 있었다.

"현아 샘은 자존감이 높았던 것 같아요. 다른 사람 말에 흔들리지 않고, 자신의 의견을 내비칠 줄 아는 사람이었어요. 그런 모습이 부러웠어요."

직장 동료가 나의 모습을 어떻게 보아왔는지 알 수 있었다.

자아존중감self-esteem이란, 자신에 대한 존엄성이 타인에 의한 인정이나 칭찬에 의한 것이 아니라, 자신 내부의 성숙된 사고와 가치에 의해 얻어지는 개인의 의식을 말한다. 자신의 능력과 한계에 대한 생각이 중요하다는 것이다. 타인의 긍정적이거나 부정적인 평가에 휘둘리는 것이 아닌 자신의 기준을 세우는 것이 중요하다. 나에게 자존감이란 나를 지키는 수단이다. 타인이 채워주는 사랑의 언어가 아닌 내가 나를 채우는 하나의 사랑의 언어가 바로 '자존감'이다.

엄마는 처음이라

질문을 던져준 책　김미경《엄마의 자존감 공부》
그 속에서 만난 질문　아이에게 나는 어떤 엄마일까?

　　어린이집 하원 후 집 근처 학원을 다니는 첫째아이는 오후 여섯시가 되어서야 집에 들어온다. 2017년 겨울, 집에서 십 분 거리에 있는 친정집에서 저녁식사를 하기로 한 날, 학원 선생님에게 아이를 할머니 댁으로 하원시켜 달라는 내용을 전달하고 아이가 올 때만을 기다렸다. 아버지와 신랑까지 퇴근을 하고 집에 왔는데 예상보다 아이의 하원이 늦어져 신랑에게 친정집 앞에서 학원차를 기다리게 했다. 십 분이 지나고 십오 분이 지나도 오지 않는 아이가 불안해져서 그제야 학원 원장님에게 전화를 했다. 전화기 너머로 들려오는 소리는 짧은 탄식이었다. 평소 아이는 차에서 내린 후 스스로 2층까지 올라와 초인종을 누르는 아이였다. 어린 동생이 있어 마중을 못 나가는 터라 중앙현관 비밀번호만 외우도록 했었다. 선생님의 짧은 탄식은 깜빡하고 아이를 평소처럼 집 앞에 내려줬다는 의미였다. 밖에서 기다리던 신랑에게 전화를 해서 당장 집으로 가보라고 했다. 업고 있던 갓난아기를 던지듯 어머니에게 넘기고 자동차 열쇠를 잡았지만 온몸이 떨렸다. 나의 떨림은 아버지에게 전달되었다.

"그 상태로 운전하면 사고날 거 같으니 내가 다녀올 테니 집에 있어."

집 밖에서 눌러도 반응 없는 초인종을 아이는 얼마나 누르고 있었을까. '엄마가 없는 것을 알고 건물 밖으로 나오면 어떡하지?', '아이를 잃어버리는 건 아니겠지?' 짧은 사이에 들었던 여러 가지 생각은 상상하고 싶지도 않은 최악의 순간까지 이어졌다. 아이를 잃는다는 것은 상상조차 하기 싫었다. 함께 있을 때 많은 것들을 하지 못한 시간들에 대한 후회로까지 이어졌다. 다행히 아이는 집 앞 계단에 앉아 울고 있었고 무사히 내 품으로 돌아왔다.

엄마 경력 벌써 7년 차. 엄마 나이는 아이 나이와 함께 간다고 하니깐 나는 7살이다. 그 동안 읽어왔던 육아서만 해도 책장 두 칸을 차지하고 있다. 학위 취득을 하고 남을 양이다. 갓난아기가 우는 이유, 잘 자지 않는 이유, 낮잠을 아기띠로 안아서 재웠는데 바닥에 눕히깐 도로 눈을 뜨는 이유, 분유를 잘 먹지 않는 이유 모든 이유를 육아서에서 찾으려고 했다. 첫째 아이가 말이 늘고 대화가 가능해진 이후에는 훈육, 감정코칭 등의 주제로 바뀌었을 뿐 육아서를 손에서 놓지 않았다.

첫째 아이의 출산 예정일은 2013년 8월 4일이었다. 7월 1일부터 출산 휴가를 시작했고, 뜨거운 여름이었지만 자연분만을 하고 싶어 매일 공원을 걸었다. 비가 오는 날에는 건물에 들어가 계단을 오르락내리락했다. 출산 예정일이 가까워졌지만 아이는 소식이 없었다. 걷고 또 걸었다. 집안일을 하면 도움이 될까 싶어서 걸레질을 하루도 쉬지 않고 했다. 짐볼 운동이 도움이 된다고 해서 매일 운동을 했다. 아이가 태어나던 그날도 신랑은 출근을 했고, 오후 시간이 되어서야 배가 살살 아프기 시작했다. 출근했던 신랑에게 전화를 했고, 신랑은 기관 상사에게 보고를 하고 십 분도 채 지나지 않았을 때 도착했다. 미리 준비해놓은 출산 가방을 들고 차에 올랐다.

산부인과에 도착한 시간은 오후 5시였다. 진통 감지기는 최고치를 찍고 밤 사이 진통을 했지만 아기는 뱃속이 좋은지 나올 생각을 하지 않았다. 진통은 심했다 좋아졌다를 반복했다. 진통 시간이 길어지자 지쳐갔다. 신랑에게 제왕절개를 하겠다고 했지만 버티라고 했다. 나는 임신기간 중에도 제왕절개로 아이를 낳고 싶다고 생각했었다. 진통제와 유도제를 사용하지 않고 아이를 낳는 것. 자연주의 분만이라는 이름으로 엄마를 힘들게만 하는 문화였다. 제왕절개를 하기로 하자 이번에는 몸의 상태가 문제였다. 임신 기간 중 문제가 없었던 당 수치가 올랐다. 당 수치가 오르면 제왕절개가 어려웠기 때문에 당 수치가 떨어질 때까지 20시간 진통 끝에 수술로 첫째 훈이를 낳았다. 큰 병원으로 옮겨야 하는 상황이었고, 뱃속의 아이는 태변을 먹어 위험한 상황이었지만 무사히 품에 안았다.

신랑은 첫째 아이가 태어나던 날, 아이가 태어났다는 기쁨도 컸지만, 수술 동의서에 위험 사항을 감수하고 사인해야 했던 그 느낌이 오래 갔다고 한다. 또한 수술 마취가 풀리면서 괴로워하던 나의 모습이 더 마음이 아팠다고 한다.

　미연이는 사람이 좋았다. 어렸을 때부터 교회를 다니면서 공동체 생활에 익숙해져 있었다. 타인이 나로 인해 즐거워하거나 행복해하면 미연이도 기분이 좋았다. 그렇다보니 교사나 사회복지사 등 휴먼서비스와 관련된 직업을 원했다. 청소년학과를 졸업할 때는 사회복지사와 청소년지도사 2급 자격증을 취득해 사회생활을 시작했다. 하지만 지금 취득한 자격증으로 취업할 수 있는 기관은 생각보다 많지 않았다. 첫 직장은 집에서 2시간 대중교통을 이용해야 출퇴근을 할 수 있는 곳이었고 6개월 계약직이었다. 6개월이 끝나갈 쯤이면 집 근처 청소년 기관을 입사할 수 있을 것이라는 희망이 있었다. 아니면, 지금 다니고 있는 직장에서 정규직으로 일할 수 있을 것이라고 생각했다. 곧 계약만료일이었지만 기관에서는 별다른 이야기가 없었다. 채용연장에 대한 이야기는 일절 없었고, 미연이는 다시 취업 준비생이 되었다. 2개월 정도 실업급여를 받으며 일자리를 알아보던 중, 집 근처에 자리가 생겨 근무를 시작하게 되었다. 이 자리 역시 계약직이었고, 급여도 가족들이 생각했던 것보다 많지 않았다. 그때부터 부모님의 간섭이 시작되었다. 미연이의 엄마는 사회복지사로 근무하고 계셨다. 지역아동센터에서 근무를 하시면서 사회복지사의 근무환경이나 여건, 복지를 잘 알고 있었기 때문에 미연이가 사회복지사나 청소년지도사로 일을 하는 것을 못마땅해 하셨다. 미연이의 근무조건이 좋아지면, 엄마를 설득할 수 있을 것 같았지만 근무환경은 좋아지지 않았고, 매년 재계약을 할 때마다 급여는 제자리걸음이었다. 3년 동안 재계약을 두 번 하면서 떠나지 못하던 기관을 겨우 떠나 취업한 곳은 또 다시 집에서 2시간이 걸리는 곳이었다. 미연이는 하고 싶은 일을 하기 위해 엄마를 설득해야 했고, 장거리 출퇴근이 힘들었지만 힘든 내색 한번 하지 않고 직장을 다니고 있다.

엄마와 미연이는 진로 갈등을 겪었다. 진로 갈등의 가장 큰 원인은 부모가 아이의 진로 방향을 직접 제시하고 통제할 때 발생된다. 그나마 미연이처럼 하고자 하는 바가 확실한 청소년은 갈등의 골이 깊지 않다. 청소년의 꿈·직업·장래희망은 그들만의 것이지만, 그들과 분리되지 못한 어른들은 아이에게 강요한다. 이미 '좋은 꿈'과 '나쁜 꿈'을 어른들의 잣대로 잰 후, 단지 '자식의 성공'을 핑계 삼아 어른들만의 '좋은 꿈'을 벗어나면 나머지는 '나쁜 꿈'이라고 정의내려 버린다. '좋은 꿈'과 '나쁜 꿈'이라는 것이 어디 있을까.

아이들이 충분히 고민하고 선택할 수 있도록 지지해주기만 해도 청소년들은 자신만의 꿈을 찾아갈 수 있을 것이다. 어른들이 해야 할 것들은 강요가 아니라 '응원'이다. 청소년들의 꿈은 수시로 변한다. 그럴 때마다 "넌 뭘 해도 잘할 수 있을 거야. 너가 행복해하는 모습이 보기 좋다."라는 말을 건네는 멋진 어른이 되었으면 한다.

여름과 겨울, 방학 시즌이 올 때마다 달력에서 눈을 떼지 못한다. 이미 잡혀져 있는 업무일정과 아이들의 방학 일정을 번갈아 쳐 다본다. 두 아이를 모두 방학기간 내내 데리고 있을 자신이 없어 일 곱 살인 첫째아이는 방학 기간 등원 신청을 했다. 다행히 아이들이 다니는 어린이집은 3세반부터 7세반까지 있는 큰 규모에 어린이집 이기 때문에 전화기 너머로 들려오는 "어머니, 이번 방학 때 훈이 만 등원해요."라는 소리를 듣지 않아서 좋았다. 의사표현이 정확해 진 첫째가 어린이집 다녀와서 오늘은 친구가 몇 명 등원했고, 어제 는 몇 명 등원했는지 일일이 이야기하기 전까지는 말이다. 이야기 를 듣자 마음이 편하지 않았다. 직장을 다니던 몇 년 전까지만 해도 방학기간에도 어린이집을 보내는 게 '어쩔 수 없는 일'이었지만 집 에서 근무하는 지금은 나의 선택이었기 때문이다.

"어린이집 등원하는 아이들이 많지 않다고 하니 신경 쓰이네."

신랑의 말은 나에게 화살이 되어 날아왔다. 의도적으로 나를 겨냥 한 것은 아니지만 내가 알아서 그 앞에서 서있던 것이다. 육아와 나 의 일을 자로 잰 듯이 딱 나누어서 균형을 이룰 수 없다면 결국, 행 복해질 수 있는 방법은 한 가지이다. 엄마가 먼저 행복할 것. 내가 행 복하지 않으면 아이에게 집중하지 못한다. 일과 공부를 하면서 그리 고 책을 읽으면서 자기만족을 하는 사람이 아이와 24시간 붙어 있는 다고 해서 아이가 행복할 것이라는 것은 지나친 욕심이다. 아이의 행 복을 위해서라도 엄마가 먼저 행복해지기. 그러니 주위의 눈, 잔소리 "엄마는 무조건 엄마가 데리고 있어야 돼."라는 말에 눈 감고 귀 닫 는 것부터 연습하자.

사랑해, 사랑해, 사랑해

질문을 던져준 책 EBS 〈아이의 사생활〉 제작팀 《아이의 사생활》
그 속에서 만난 질문 나는 아이들을 있는 그대로 존중해주고 있는가?

초등학교 입학을 앞두고 있는 첫째아이. 아이가 일곱 살이 되기 전에는 한글 공부에 대한 생각이 없었지만 그림책을 혼자 읽는 아이의 친구를 볼 때마다 조바심이 났다. 그렇다고 직접 가르칠 용기도 없었다. 선택한 것은 학습지였다. 한글 수업만 하려고 했는데 수학 테스트도 받아보라는 학습지 교사의 말에 두 과목 모두 테스트를 받았고, 결국 수학과 한글 두 과목을 등록했다. 테스트 결과, 수학은 또래에 비해 잘하고 있으나, 한글은 늦다고 했다. 그저 초등학교 입학 후 또래에 비해서 많이 뒤처져 첫째아이가 상처받을까 봐 시작한 수업이다.

기역, 니은부터 시작했던 우리 시기의 한글 공부와는 달리 요새는 통글자 학습을 한다. 글자 자체를 익히고 나서 반복되는 글자를 익히는 방법이기 때문에 실제로는 '가'라는 글자를 배우지만 뒤에 따라

183

붙는 글자까지 함께 익혀야 된다. 첫째아이는 처음에는 잘 따라주었다. 문제는 시간이 지날수록 배웠다고 생각했던 단어도 기억하지 못하는 아이의 태도였다.

'아니! 그게 아니잖아!!' 답답한 마음에 아이에게 짜증을 냈다.

"음…… 모르겠어."

순간, "벌써 다섯 번째 같은 단어를 이야기하고 있는데 아직도 몰라?"라며 아이에게 화를 냈다. 처음 학습지를 시작할 때만 해도 방문교사에게 "아이가 어려워하거나 힘들어하면 더 이상 진행하지 않고 그만둘 거예요."라는 의사표현을 했지만 오히려 나의 욕심이 커진 상태였다.

집 앞 식당에서 신랑의 친구 가족들과 모였다. 아이가 하나씩은 있다 보니 세 가족이 모인 건데도 성인 여섯 명에 아이만 네 명, 총 열 명이었다. 이야기는 저녁 늦게까지 이어졌다. 옆 테이블 손님 아이인 듯한 여자아이가 울면서 엄마에게 가더니 "어떤 남자아이가 때렸어."라고 이야기했다. 동시에 큰 아들인 훈이가 와서 이야기를 시작한다.

"아니, 저 누나가" 할 말이 있는 듯했지만 옆에서 울고 있는 여자아이와 우리 가족을 쳐다보고 있는 아이 엄마의 눈길에 훈이의 이야기를 들어주는 것은 다음 일이라고 생각되었다.

"훈아, 누나 때렸어? 안 때렸어?"

"아니 내가 미끄럼틀 타려고 하는데……."

아이가 눈물을 훔친다.

"훈아, 네 이야기는 하지 말고 누나 때린 거 맞아?"

이야기는 끝나지 않을 것 같았다. 자기가 억울하다는 것을 이야기하려는 아이와 우선 사과부터 해야겠다고 생각하는 우리는 같은 이야기만 반복할 뿐이었다. 설상가상으로 옆 테이블로 다른 남자아이가 다가오더니 훈이를 가리키며 "엄마, 저 남자애가 때렸어."라고 했다. 자신의 이야기를 들어주지 않는 엄마에게 화가 났는지 울기만 하는 훈이를 겨우 달래서 여자아이에게 사과하도록 했다. 더 이상 식당에서 아이를 놀게 하는 것은 무리일 것 같아 저녁 식사를 끝냈다. 나오면서 신랑은 이야기했다.

"훈이는 다른 애 잘 때리지 않는데……."

물론 알고 있다. 친구와 장난치다가 크게 다쳐도 친구를 때리지 않는 아이, 네 살 차이 나는 동생에게 자기 장난감을 뺏기더라도 밀치거나 화를 내지 않는 아이, 누구보다 훈이를 잘 아는 엄마지만 그 순간에 우리를 원망스러운 눈으로 쳐다보는 여자아이와 아이의 엄마를 피하고 싶었다.

저녁에는 큰 아이가 손을 칼에 베였다. 책상 위에 있던 칼을 가지고 놀다가 베인 것 같았다. 베인 상처를 먼저 파악하지 않고 칼을 사용한 것을 야단치느라 아이의 아픔을 늦게 파악했다. 아팠을 텐데 혼내는 엄마가 무서워서 말하지도 못하고 참았을 아이를 생각하면 마음이 아프다.

한동안 혈액형을 활용한 성격검사가 유행한 적이 있다. 특히 〈B형 남자친구〉라는 영화가 개봉했던 2005년에는 B형 남자는 나쁜 남자라는 편견이 많았다. 또는 A형은 소심하다며 특정 혈액형의 사람들을 일반화했다. 사람마다 몸에 흐르는 피로 성격이 결정이 된다면, 같은 혈액형임에도 불구하고 다른 성격을 가지고 있는 사람은 어떻게 정의 내릴 수 있을까. 그나마 성격을 객관적 검사로 구분하는 것 중 하나는 'MBTI 성격유형검사'이다.

우리가 흔히, 소심하다 또는 외향적이다라고 이야기하는 성격이 MBTI 성격유형에서는 외향형-내향형이라고 설명한다. 에너지의 방향으로 외향형인 사람은 외부 세계에 관심이 많고, 내향형인 사람들은 외부보다는 자기 내부 세계에 관심을 많이 갖고 있다. 직업인으로 하루를 보내고는 집에서 혼자 책을 읽거나 휴식, 사색을 통해 다음 날을 준비하는 나는 외향형일까, 내향형일까. 강사로 활동하고, 청소년들을 만나는 직업이라 그런지 검사 결과는 '외향형'이다. 성격이 직업에서 갖는 의미를 설명하기 위해 청소년들에게 "앞에서 설명하고 있는 선생님은 외향형인 것 같아요 아니면 내향형인 것 같아요?"라는 질문을 하면 당연히 답변은 '외향형이요'라고 나온다. 하루 종일 외부 세계를 접하고 나면 그만큼의 시간이나 에너지를 나를 위해 사용하는 편인데 아마, 외향형을 주로 활용하는 내향형의 사람이기 때문이라고 생각한다.

다른 사람들 앞에서 이야기하는 것을 좋아하는 부모 아래에서 자란 첫째 아들 훈이는 말하는 것을 좋아한다. 아침에 일어나자마 쉬지도 않고 이야기를 시작한다. 이런 훈이를 보면 사람들은 이렇게 이야기 한다. "훈이는 초등학교 입학하면 학급 임원은 꼭 할 것 같아요."
말이 많고 다른 사람들을 통솔하는 리더십이 있어 보인다는 말까지
들었다. 3월, 학기 초에는 초등학교와 중학교에서 임원 선거가 있다.
선출된 임원을 대상으로 해 리더십 강의가 많은 달이기도 하다. 대부
분에 임원들은 에너지가 넘친다. 앞에서 강의하는 내 목소리가 들리
지 않을 정도로 팀별 활동에 집중하기도 한다. 흔히 외향형이기 때문
에 리더가 된다고 생각한다. 팀별 과제를 내주면 같은 임원이라도 가
지고 있는 기질에 따라 다른 리더십을 보인다. 임원들 중에는 리더라
는 역할에 충실해야 된다고 생각해서 옆 친구의 이야기는 듣지 않고
자기 할 말만 하는 아이가 있다. 과제는 정해져 있는 시간에 수행해
야 되고, 친구들의 이야기를 모두 수렴할 수는 없으니 자신의 의견만
독단적으로 밀고 가는 것이다. 훗날, 내 아이가 어린이집이 아닌 초
등학교에서 친구들을 사귀기 시작하면 자신의 이야기를 하기 보다는
타인의 이야기에 귀 기울여주는 아이가 되었으면 하는 엄마의 욕심
이 있다.

태어난 순간부터 아이는 있는 그대로 소중한 존재이다. 대변을 제
대로 보지 않아 발을 동동 구르고 이유식을 뱉어낼 때마다 어디가 아
픈 건 아닌지 속상해 하던 시기가 지나면 많은 것들을 바라게 된다.
다른 아이보다 작을까봐, 말이 늦을까봐, 또는 다른 아이들은 어린이
집 발표회 무대에 올라가서 잘만 춤을 추는데 쭈뼛거리는 모습을 보
면 속상하다.

생후 6개월경부터 시작되는 영유아 건강검진부터 또래의 평균치로 아이들을 줄 세운다. 키는 또래에 비해서 몇 등인지, 몸무게는 몇인지, 머리 둘레는 몇인지에 따라서 엄마는 죄인이 되기도 한다. 내가 작아서, 임신 했을 때 잘 먹지 않아서, 태어난 후에 잘 먹이지 않아서와 같은 아이가 크지 않는 이유의 책임이 엄마에게 있다고 생각하기 때문에 하루에도 몇 번씩 인터넷 검색을 한다. 우리 집 책장에는 어른 책도 많지만 아이가 쳐다보지도 않는 그림책 전집도 자리를 차지하고 있다. 아이가 너 자라서 공부를 주업으로 하기 시작할 때면 아이에 대한 기대는 더해갈 것이다.

아이에 대한 목표점을 낮게 둔다는 것. 말처럼 쉽지만은 않을 것이다. 우리 아이의 실현 가능한 목표치를 가늠한다는 것부터 어렵다. 아이를 아이 자체로 인정하면서 스스로 좋은 방향으로 갈 수 있도록 이끌어주는 것이 부모로서 해야 할 역할이다. 아이들마다 속도와 방향이 제각각 다르기 때문이다. 그러고 보면 평균이라는 말은 사람을 편안하게도, 불편하게도 만드는 단어이다. 그 단어에 흔들리지 말고 아이의 기준으로 보듬어주는 일, 그게 바로 아이를 키우는 힘이다.

chapter 5

배우고 성장하다

나의 역사를 기록하다

 질문을 던져준 책   강규형 《성과를 지배하는 바인더의 힘》
그 속에서 만난 질문 오늘의 나는, 역사가 될 수 있을까?

누구든 '아, 오늘은 나의 인생에서 중요한 날이 될 거 같아'라며 생각하는 날이 종종 있을 것이다. 하지만, 시간이 지나고 나면 기억나지 않는다. 정확히 그날 무슨 일이 있었는지, 어떤 감정이 들었는지, 누구와 순간을 함께 했는지 등 말이다. 그나마 SNS에서 '일 년 전 오늘' 알림을 띄워주는 편리한 기능으로 다시금 그때로 돌아간다.

'정보의 홍수'라고 한다. 손 안의 핸드폰만 있으면 궁금한 것을 바로바로 찾을 수 있다. '얼마나 많이 알고 있느냐'를 넘어서 '알고 있는 정보를 얼마나 잘 활용하는가'도 중요해지고 있다. 400년 전 이순신은 메모광이었다. 보고 들은 것들을 모두 적었다. '적자생존' 즉, '기록하는 사람만이 살아남는다'를 이순신은 몸소 실천하고 있었다. 어제의 정보는 잊힌다. 어제의 정보는 오늘 더 이상 새로운 정보가 아니기 때문이다. 그럼에도 과거를 기록하는 습관은 앞으로 발생되는 것들을 미리 준비할 수 있도록 한다. 이순신의 이야기들은 기록이 있었기 때문이다. 나의 기록이 후세에게는 역사이다.

초등학교 방학 숙제 중에서 싫었던 숙제 중 하나가 일기쓰기이다. 다른 숙제는 개학 일주일 전부터 하면 해결되었지만 일기만은 한꺼번에 한다고 해서 해결되지 않았다. 지금이야 인터넷이 발달해 한 달 전 날씨도 확인 가능하다. 25년 전 나의 초등학교 시절에는 바로 어제 날씨도 기억나지 않으면 확인할 수 있는 방법이 없었다. 비가 왔는지 눈이 왔는지, 바람이 불었는지, 해가 쨍쨍했는지…… 거짓말로 쓰고 싶어도 성실하게 일기를 작성한 친구와 날씨가 동일하지 않으면 거짓말이 들통나버리기 때문에 그것마저도 쉽지 않았다.

일기는 글쓰기 실력 향상이라는 긍정적인 면도 있지만, 가장 근본적인 기능은 기록이라고 생각한다. 사업을 하고 있는 신랑은 얼마 전 업무 노트를 분실했다. 이동할 때마다 놓지 않았던 노트였다. 온라인 판매를 하고 있기 때문에 가끔씩 들어오는 교환 또는 반품 내용을 기록하는 용도였다. 모든 전화 내용을 기억할 수 없으니 고객으로부터 전화가 올 때면 노트를 찾아서 기록을 한다. 노트를 분실한 날도 교환 요청 전화가 왔었다. 당연히 그날도 평소처럼 노트에 적은 후에 통화 내용은 머릿속에서 지웠다. 고객과의 통화 내용은 기억나지 않고, 노트마저 잊어버렸기 때문에 고객이 다시 전화를 할 때까지 기다리는 수밖에 없었다. 기록은 잊지 않기 위해서 하는 것이 아니라, 잊기 위해서 것이라는 사카토 켄지 작가의 《메모의 기술》이 생각났다. 일기 역시 하루하루를 잊지 않기 위해서 쓰는 것이 아니라 새로운 정보를 뇌에 저장하기 위해 오늘의 일상은 잊는 것이다.

책을 집필하는 중간중간 어제의 일조차 기억나지 않아 어려웠다. 있었던 일, 감정, 주변 상황, 어느 곳에서 누구와 있었는지 등에 대한 기억이 전혀 없었다. 가끔은 그날 아침에 무엇을 먹었는지조차 기억이 나질 않아서 '어떻게 바로 몇 시간 전 일도 기억이 나지 않는 거지?'라는 한심한 생각이 들기도 한다.

2018년 가을, 《책 먹는 여자》 최서연 작가를 통해 〈씽크와이즈〉 디지털마인드맵을 접했다. 배우면 배울수록 씽크와이즈의 매력에 빠졌고 서울에서 진행하는 강사과정을 수강했다. 씽크와이즈의 일기 기능이 있는 것을 알게 되어 매일 짧게나마 나의 일상을 기록하기 위해 노력하고 있다. 일기장이나 다이어리에 펜으로 적어 내려가는 감성은 없지만 개인역사의 기록이라는 목적에는 딱 맞는다.

책을 읽고 기록을 남기는 것도 마찬가지였다. 다독에 대한 욕심에 '나는 오늘도 책을 읽었구나'라는 자기 만족감이 전부였다. 2019년 1월, 3p자기경영연구소에서 진행하는 독서경영기본과정을 참석했다. 강의 시작 후 옆에 있는 분에게 독서란 어떤 존재인지에 대한 질문을 받았다. 그때 나의 대답은 '나에게는 독서란 생활이다'였다. 친정에 가면 베란다 구석에 책장이 있다. 때 타서 색이 바랬지만 책이 열 권 정도 꽂혀 있다. 어렸을 때 희미한 기억 중 하나는 책을 읽고 있는 아버지의 모습이다. 가족 중 한 명이 책을 출간하더라도 가족들이 책을 읽을 확률은 높지 않은데 첫 번째 책 《20대, 너는 어떤 모습으로 살아가고 싶니》가 출간되었을 때 아버지는 책을 읽고 "내 이야기를 책에 실었으니 인세의 몇 퍼센트를 좀 줘야겠는데."라고 말하셨다. 아버지의 영향으로 책을 좋아하기 시작했던 것 같다. 활자 중독까지는 아니지만 여유 시간에 TV를 시청하거나 다른 취미 활동을 하기 보다는 독서를 한다. 문제는 독서의 목적이 없었다. 그저 '나는 오늘도 책을 읽었구나'와 '나는 한 달에 이만큼 읽었구나'였다. 그게 다였다.

〈집사부일체〉 프로그램에서 JYP 수장 박진영이 나온 적이 있었다. "시간은 유한하다. 돈을 쓸 때 가진 돈이 제한되어 있으면 돈 쓰기가 조심스러워진다. 나에게는 시간이 그런 개념이다. 부지런한 사람은 다 나처럼 사는 줄 알았다." 출연자들에 "그렇게 빼곡한 삶 속에서 행복을 느끼냐?"라는 질문에 바로 "네."라고 대답한다. 그리고 사람들이 왜 그러고 사냐고 물을 때 그는 대답했다. 꿈 때문이라고 말이다.

시간은 누구에게나 공평하다. 매일 아침 눈을 뜨면 우리는 86,400초를 부여받는다. 시간을 얼마나 만족스럽게 활용하느냐는 각자의 몫이다. 오늘 하지 않으면 내일도 하기 힘들다. 독서와 관련된 책을 읽고 '나도 내년부터는 일 년에 책을 100권을 읽어볼까'와 기록에 대한 교육을 듣고 '나도 내년부터는 일기를 매일 써야지' 하는 마음가짐은 매일 할 수 있다. 오늘의 모습이 내일의 모습이다.

학창시절 중간고사나 기말고사는 3일에서 4일에 걸쳐서 진행되었다. 하루에 많게는 3개, 적게는 2개 과목이 진행되고 오후에는 다음날 시험 과목을 준비했다. 1교시 시험이 끝나면 다음 시험까지 1시간 동안 공부를 할 수 있는데 시험 종료 종이 울리면 친구들은 각자가 몇 번 답을 체크했는지 서로 맞춰보면서 점수를 매겼다. 그 답이 정답이 아닐 수도 있는데 말이다. 소란스럽게 정답을 체크하는 친구들 틈에서 의식적으로 분위기에 이끌리지 않고 다음 과목을 준비하기 위해 교과서를 책상 위로 올렸다. 물론, 친구들의 목소리가 신경이 쓰이고, 지금 공부한다고 해서 한 문제 더 맞출 수 있을 것이라는 보장도 없다. 중요한 것은 '지금 정답을 체크한다고 해서 내 점수가 바뀌는 것은 아니잖아'이다. 지나간 일에 대해 후회하며 '아, 이거 일번이라고 체크했다가 삼번으로 바꿨는데. 일번이 정답이었어?' 해봤자 바뀌는 것은 없다.

경영학의 아버지라 불리는 피터 드러커는 저서 《프로페셔널의 조건》에서 목표와 비전을 가지고, 자신의 일을 정기적으로 검토하며, 어떤 사람으로 기억되기를 바라는지를 의식하며 살아야 한다고 했다. 나에 대한 기록은 이미 행해진 것들에 대한 기록일 뿐만 아니라 앞으로 내가 어떤 사람이 되고 싶은지, 어떤 사람으로 기억되기를 바라는지에 대해 생각하고 질문하게 만든다. 나는 어렸을 때부터 다이어리 꾸미기를 좋아했다. 10대 다이어리의 용도는 계획을 세우기보다는 매일의 기록을 남기기 위함이었다. 엄마와 다툰 날, 동생과 싸운 날, 친구 때문에 마음이 아팠던 날, 다이어리에 기록하고 나면 위안이 되었다. 사회생활하면서 쓰기 시작한 수첩은 마음에 드는 것을 정착시키는 게 쉽지 않았다.

조직 안 구성원이 아닌 프리랜서로 근무하면서 어려웠던 점 하나는 바로 시간관리였다. 조직에 매여서 시간을 썼던 10년은 매년, 매월, 매주, 매일 단위로 해야 될 일이 있었다. 매월 5일까지는 전달 프로그램 실적 및 이용자 실적을 정리해야겠고, 회계장부를 작성해야 했다. 프로그램 하나가 종료되면 보고서와 정산을 해서 결재를 해야 했다. 15년부터는 일주일에 세 번 퇴근 후, 대학원을 갔다. 그 와중에 책을 출간했다. 그랬던 내가 오히려 어쩔 수 없이 해야만 하는 일은 없고 하고 싶은 일만 해야 되는 상황에서는 시간이 없다는 이유로 우선순위에서 밀리는 일들이 많아지고 있다. 내가 내 삶의 주인이 되어서 모든 것들을 계획을 세우고 처리해야 된다. 나라는 큰 배의 주인이 타인이 아니라 내가 될 수 있는 방법은 시간이라는 방향키를 누가 잡고 있느냐이다. 오늘 내 모습이 후대의 역사가 될 수 있도록 나의 시간을 오늘도 기록한다.

삶의 지혜

질문을 던져준 책 김제동《당신이 허락한다면 나는 이 말 하고 싶어요》
그 속에서 만난 질문 우리 주변에서 자기의 '일'을 자랑스러워하며 즐겁게 일하는
분들을 떠올려보기

2014년 12월 5일 대한항공 전前 부사장 조씨가 이륙 준비 중이던 기내에서 땅콩 제공 서비스를 문제삼으며 난동을 부린 데 이어, 비행기를 되돌려 수석 승무원을 내리게 했다. 당시 같은 비행기에 탑승했던 250여 명의 승객들은 출발이 20분가량 늦어졌다. 조용히 무마되는 것으로 보였던 사건은 언론을 통해 공개되면서 '땅콩리턴', '땅콩 회항사건' 등으로 불리게 되었다. 게이트를 떠난 항공기가 돌아오는 것은 항공법에도 접촉되는 행위였다. 여론이 들끓자, 대한항공은 사과문을 발표했다. 조 부사장을 옹호하고 책임을 승무원에게 떠넘기는 듯한 사과문이었다. 조 전 부사장은 책임을 지고 사퇴를 결정했으나, 주요 보직은 모두 유지했다. 2014년 12월 30일 조 전 부사장은 항공보안법상 항공기항로변경죄, 항공기안전운항저해폭행죄, 형법상 강요죄 등의 혐의로 결국 구속되었다.

다산 신도시 한 아파트가 단지 안에서 택배 차량 운행을 금지시켰다. 2018년 4월, 아파트단지 관리사무소에는 '택배차량 통제협조' 안내문을 부착했다. 해당 안내문에는 "최고의 품격과 가치를 위해 지상에 차량 통제를 실시하고 있다"는 내용이 있었다. 안내문에 따르면 택배를 배달할 경우 택배 기사는 지정된 주차장에 차를 세운 뒤 손수레를 이용해 택배를 주문한 아파트 입주자에게 물건을 배달해야 한다. 하루 배달 물량이 곧 수입인 택배 기사들은 받아들일 수가 없었다. 택배 갑질 논란으로 번졌다.

"사람이 온다는 건 실은 어마어마한 일이다." 정현종 시인의 〈방문객〉이란 시는 이렇게 시작한다. 방문객은 그의 과거와 현재와 그리고 그의 미래와 함께 오기 때문에, 곧 한 사람의 일생이 오기 때문에 어마어마한 일이라는 것이다. 사람과 사람의 만남은 의미 없는 만남이 없다. 자신을 하대한 이에게 맞대응한 택배 기사의 사연이 인터넷을 달구고 있다. 택배 기사를 '을' 취급하면서 '갑질'한 손님에게, 거꾸로 손님이 돼 똑같이 대해줬다는 이야기였다. 개그맨 허준이 유튜브 채널에서 소개한 사연으로 어느 택배 기사가 식당에 배달을 하러 갔다가 식당 주인에게 택배 상자를 주방까지 옮겨놓으라는 요구를 받았다. 식당 주인은 반말로 택배 기사를 대했다고 한다. 택배 기사가 "물건을 배달하는 것이 우리의 업무이지, 안까지 옮겨다 주는 것은 우리가 해야 할 일이 아니다."고 설명했지만 식당 주인은 막무가내였다. 택배 기사는 계속되는 요구에 식당 주인의 말을 들어줬다. 그러면서 택배 기사는 "후회하실지도 모른다."는 말을 남겼다. 이 택배 기사는 택배 배달을 마친 뒤 모자를 벗고 식당에 손님으로 찾아갔다. 택배 기사는 반말로 주문을 하는 것은 물론, 거칠게 주인을 몰아세웠다. 주인이 했던 그대로였다. 허준은 "인간관계는 언제나 바뀐다."라고 이야기했다.

새벽에 푹 자지 못하고 3시간에 한 번씩 깨서 칭얼거리던 둘째가 아침에는 열이 38도까지 올랐다. 어린이집에는 결석하겠다고 하고, 기저귀 가방을 주섬주섬 챙겼다. 카시트에 아이를 태우고 시내 종합 병원으로 향했다. 주차장 입구에서부터 지하 주차장까지 최소 세 분의 주차 관리자를 만난다. 의자에 앉아서 한숨 돌리던 분은 차가 들어오면 일어나 인사를 한다. 날이 좋아도, 비가 많이 와도, 바람이 불어도 입고 있는 옷만 바뀔 뿐 한결같은 모습이다. 나는 운전석에서 인사를 받기 전에 먼저, 큰 소리로 인사를 건넨다. "안녕하세요!" 한참 어린 고객에게 인사를 하는 것이 쉽지 않을 것이라는 생각이 들었다. 김제동 작가는 《당신이 허락한다면 나는 이 말 하고 싶어요》에서는 '헌법 10조'인 행복 추구권을 '비타민 조항'이라고 했다. '모든 국민'이라는 항목은 돈, 지위, 사회적 신분으로 평가하면 안 된다는 뜻이다. 나와 내 앞에 있는 사람은 돈을 '누가' 지불하느냐에 상관없이 동일한 사람임을 잊고 사는 듯하다.

2019년 최저임금은 18년도에 비해 10.9%가 오른 8,350원으로 결정되었다. 최저임금은 가장 낮은 임금을 받는 근로자를 위한 제도이다. 근로자가 살아가는 데에 필요한 최소한의 금액을 지켜주기 위한 제도이다. 최저임금은 매해 조금씩 오르다가 2019년도에는 역대 최고 인상률을 보였다. '직업학' 전공자로서, 근로자 입장에서 매년 최저임금 인상은 당연하다고 생각했다.

월요일, 일반적인 사람들에게는 일주일을 시작하는 요일이지만, 청소년지도사에게는 휴일이다. 청소년방과후아카데미 담당자들만이 출근한 월요일 오후, 사무실 벨소리가 울린다.

"봉사활동 신청한 ○○○ 아빠인데, 담당자하고 통화할 수 있을까요?"

"아버님, 죄송한데요, 월요일은 담당자가 쉬는 날이라서 내일 통화하셔야 될 것 같아요."

"급해서 그래요, 통화할 수 있게 해줘요."

결국, 출근한 담당자는 쉬고 있는 선생님에게 전화 연결 여부를 확인했다. 개인 전화번호를 클라이언트에게 알려주지 않지만, 계속 연락이 올 것 같아서 어쩔 수 없이 담당자와 통화할 수 있게 했다. 휴일이었지만 담당자는 통화를 했다. 전화로 해결해줄 수 없는 일임을 판단하고 내일 다시 연락을 하겠다며 전화를 마무리했다. 문제는 그 다음이었다.

"아까 전화 받은 직원 누구야! 내가 낸 세금으로 일하는 사람이! 쉰다고 일을 안 하면 어떻게!"

문을 벌컥 열면서 고객이 들어왔다. 사무실에 적막함을 깨는 목소리였다. 정작 전화통화를 한 직원은 자리에 없었다. 담당자는 어쩔 수 없이 사무실에 나와서 고객과 대면할 수밖에 없었다. 물질과 화폐로 교환되는 업무뿐만 아니라, 세금으로 운영되는 공공기관에서 일하는 사람들을 대상으로 한 '세금으로 월급 받는 사람들이 24시간 일해야지'라는 마인드는 서비스 업무를 하는 사람들을 지치게 한다. 《당신이 허락한다면 나는 이 말 하고 싶어요》에서 김제동은 "우리는 전부 노동력을 제공하는 주인들입니다. 그런데 인격까지 내주겠다고 한 적은 없어요. 그건 분명히 해둬야 합니다. 내가 이 사회에서 열심히 일하면 인격적으로 대우를 받는다는 확신이 있어야 하잖아요."라고 했다.

누구나, 헌법에 대해 이야기할 수 있어야 우리가 헌법의 '진짜 주인'이 된다고 한다. 헌법이 법을 공부한 사람들만의 특권이 되다 보니 업으로 삼지 않는 이상, 헌법을 처음부터 끝까지 훑어 볼 일도 없다. 헌법은 나와는 별개라고 생각했다. 내용도 어렵고, 법조인도 아니기 때문이다. 법으로 먹고살 일이 없으니깐. 먹고살아야 하다 보니, 청소년활동진흥법, 복지지원법, 보호법 등 청소년과 관련된 법만 달달 외웠을 뿐이다. 자격시험도 봐야 하고, 업무에 활용한다. 그 외 법은 관심도 없었다. 같은 일을 하는 분께서 했던 말이 기억난다. 국민 누구나가 헌법에 대해 이야기할 수 있기를 바란다. 우리랑은 상관없는 일이라고 생각하지 말았으면 좋겠다.
"스스로를 지키려면, 관련법을 잘 알아둬야 해요. 그래서 난 홈페이지 즐겨찾기에 법제처를 해놨어요."

가르쳐준 사람도 없고, 몰라도 된다고 생각했던 헌법이다. 법은 '내가 지켜야 할 것'이라 생각하는 경향이 많다. 반대로 법은 '나를 지켜주는 것'이라고 생각하면 법을 생각하는 자세가 바뀔 것 같다.

진정한 자기계발이란

질문을 던져준 책　　세스 고딘 《더 딥》
그 속에서 만난 질문　　나에게 자기계발은 어떤 의미인가?

　낯선 도시에 들어섰다. 배에서는 꼬르륵거리며 지금이 밥 먹을 시간이라는 것을 상기시켜준다. 근처에 있는 식당에 대한 정보를 찾기 위해 인터넷에 접속한다. 애석하게도 블로그 후기 하나 올라와 있는 곳이 없다. 결국 느낌을 믿기로 한다. '이곳은 맛집입니다!'라는 분위기를 풍기는 곳은 결국 어디일까? 바로 주차장이 가득 차 있고 유리문 너머로 보이는 자리가 빼곡하게 사람들로 가득한 곳이다. 안에서 이미 식사를 하고 있는 사람 대부분은 나처럼 타지에서 왔기 때문에 맛에 대한 정확한 정보를 주지는 못하겠지만 '사람들이 많다=맛이 있다'라는 공식을 믿는다. 하루 종일 돌아다녀서 다리가 아프거나, 바람이 불어 날씨가 춥거나 하면 선택의 폭은 좁아진다. 우리는 이렇게 밥 한 끼에 대한 선택도 쉽게 하지 않는다.

무리 속에서 튀는 것을 좋아하고, 이런 내 마음을 누군가는 알아주기를 원하는 나. 2011년, 청소년지도사로 근무하던 중 김수영의 《멈추지 마, 다시 꿈부터 써봐》를 읽고, 꿈을 종이 위의 적는 활동에 관심이 생겼었다. 청소년 프로그램을 기획할 때도 꿈과 진로와 관련된 활동을 주로 했다. 청소년지도자들을 대상으로 하는 전문 교육은 '청소년진로지도 활동지도과정'을 수강하고, 외부에서 하는 교육도 직업카드. 진로보드게임 등 '진로'라는 단어만 들어가면 관심 가지고 내 것으로 만들기 위해 노력했다. 이러한 성과들이 쌓이고 쌓여 지역 내에 있는 청소년지도사 중에서는 '진로전문가'로 인정받을 수 있었다.

청소년의 진로교육에 대한 중요성이 커지자 교육부에서는 중학교 과정 중, 한 학기 또는 두 학기 동안 학생의 소질과 적성을 키울 수 있는 다양한 체험활동을 중심으로 교육과정을 운영하는 제도인 '자유학기제'를 시행했다. 이에 따라, 각 지방자치단체에서는 다양한 모형으로 진로체험지원센터를 운영해 관내 직업인들이 청소년의 진로탐색 및 체험을 위해 활동하기 시작했다. 근무하던 지역의 진로센터가 어떤 식으로 운영될지에 대한 정보는 몰랐지만 내가 담당하게 되었으면 좋겠다고 생각했다. 하루는 출장을 끝내고 돌아오니 사무실 테이블에 처음 보는 남자분이 앉아 있었다. 팀장님은 손님이 나를 기다렸다고 했다. 진작 미팅 약속을 잡았다는데 나한테 전달이 안 된 상태였고, 어떤 내용인지도 전혀 모르는 상태에서 자리에 수첩 하나 들고 앉았다. 교육지원청에서 진로 및 자유학기제를 담당하는 사람이라고 자기를 소개한 손님을 나는 계속 쳐다봤다. 낯이 익었다. 머릿속에 떠다니는 모든 인맥 명단에서 누구인지 찾아내기 위해 노력했다.

'실습하셨던 분인가? 사회복지협의체에서 봤던 분인가? 너무 낯이 익은데……'

그러다가 그분과 동시에 외쳤다. "○○중학교!" 학교 은사님이었던 것이다. 교육부로부터 자유학기제를 위한 예산이 배정되었고, 내가 근무하던 기관에서 담당해 관내 청소년들을 위한 진로교육을 담당하면 좋을 것 같다는 이야기에 거절할 이유가 없었다. 이런 게 바로 '끌어당김의 법칙'이라고 하지 않았던가. 얼마 남지 않은 2015년. 관내 중학교의 신청을 받아서 중학교 1학년을 대상으로 직업인 체험을 진행했다. 초등학생에게는 진로캠프를 통해 자기 탐색의 시간을 제공했다. 잘하는 것을 든든한 자원과 함께할 수 있다는 것은 행복이었다. 다음 해, 진로체험지원센터 운영은 당연히 내가 한다고 여겨졌기 때문에 사업계획서를 작성했고 필요한 인적자원을 섭외했다. 센터 운영을 위해서는 예산이 필요했는데 시간이 지나도 교육지원청으로부터 소식이 없었다. 돌아오는 대답은 올해 운영에 대한 변수가 있을 수도 있기 때문에 기다리라고 했다. 은사님은 어두운 얼굴로 앉아계셨다.

"올해는 다른 기관에서 진로체험지원센터를 운영해야 될 것 같습니다."

센터 운영을 위해서는 많은 인력과 예산, 공간이 필요했다. 담당자의 역량보다는 담당자를 둘러싸고 있는 환경적 요인이 센터 운영에 큰 영향을 미치는 것을 인정할 수밖에 없었다. 뭐가 그렇게 아쉬웠는지 몇날 며칠을 울었다. 화도 났다. 센터 운영은 그 무렵 반복되는 업무에 실증이 날 무렵 나에게 긴장감을 줬었다. 외부 자원으로 결정된 것이라는 것을 알았지만 바닥친 자존감은 '내가 작년에 운영을 잘못했나?'라는 생각까지 들게 했다. 에너지를 쏟을 다른 무언가가 필요했다. 신이 나에게 더 중요한 것을 맡기기 위함이라고 생각했다. 그때부터 쓰기 시작한 것이 첫 번째 책《20대, 너는 어떤 모습으로 살아가고 싶니?》였다.

'대한민국 1% 청소년지도사 되기'

청소년지도사로 평생 살 줄 알았다. 청소년 기관 안에서 최선을 다했지만 승진도 임금 인상도 없었다. 대학원 공부와 자격증 취득 등 결국에는 스스로의 노력에 따른 결과만 있을 뿐이었다. 외부 상황이 변화되어야만 이루어질 수 있는 꿈들은 그대로거나 상황이 더 나빠졌다. 퇴사 후 1년 동안 진로나 꿈과 관련된 공부는 의식적으로 멀리했다. "꿈을 적으면 이루어진다"라는 문장을 믿지 못하는 한 해였다.

대학원 박사과정을 선택했을 당시에는 졸업이 아니라 수료가 목표였다. 나의 선택 대부분은 선택 그 자체보다는 이후의 삶을 위한 단계가 대부분인데 박사학위 취득 이후 삶은 쉽게 상상이 되질 않았다. 고기도 먹어본 사람이 먹는다고, 최소한 먹는 모습을 보기라도 했어야 되는데, 이미 박사를 취득한 사람이거나 박사과정을 시작했지만 수료 상태로 머무르고 있는 사람만 주변에 존재했다. 과정을 끝내고 동기들의 졸업 소식이 들려올 때마다 긴장이 되었다. 시작해야 했지만 석사과정에서 논문을 쓰지 않은 것이 걸림돌이었다. 처음에는 막막했다. 내가 만나는 청소년들에게 전문적인 진로지도를 해줘야겠다는 생각으로 지원했던 직업학과였는데 전공과목을 수강하면서 관심 분야는 확장된 상태였다. 경력단절여성부터 십 년 동안 몸 담아왔던 청소년지도사까지 연구하고 싶은 대상이 많아졌다. 논문 시작은 해야겠는데 어디서부터 시작해야 할지 몰라 매일 국회도서관과 논문이 등재되어 있는 사이트만 들락날락거렸다. 시작과 포기의 연속이었다. 한 달 내내 고민했던 주제를 주변 사람들에게 이야기하면 이해를 하지 못하거나, "왜 그걸 연구하고 싶은가요?"라는 질문이 돌아왔고 나는 답하지 못했다. 그러면 다시 원점. 사실 나도 내가 왜 이걸 연구하고 싶은지, 연구에 대한 확신이 없다 보니 자신 있게 대답하지 못한 것이다. 그러다가 현장에서 궁금했던 것, 그리고 가장 잘 아는 대상인 청소년의 진로를 고민하자는 결론이 내려졌다. 이후에는 같은 질문이 나에게 와도 경험에 의한 답을 할 수 있었다.

스몰 스텝은 하고자 하는 바를 잘게 잘라서 세부적으로 만드는 것이다. 당장 '논문을 완성하고 말테야!'보다는 모든 과정을 잘게 나누어서 과정 과정마다의 성취감을 느낄 수 있게 하는 것이 나에게 필요한 것이었다. 매일 하다 보면 언젠가는 완성되어져 있을 논문이 기대된다.

현재 나의 위치를 고려해서 하고자 하는 일을 선택하고 최고가 될 때까지 노력하는 것은 생각보다 어렵다. 시간과 자원은 한정되어 있기 때문이다. 경험이 부족하면 어려움의 시기를 견디지 못하고 포기한다. 대부분의 사람이 그러하다. 과정을 이기는 제일 좋은 방법은 이미 경험을 해본 사람들의 이야기를 듣는 것이다. 책이나 영상이 있는 사람이라면 출간된 책을 읽거나 영상을 시청한다. 더 적극적인 방법은 여러 가지 방법을 통해 질문을 할 수 있다. 같은 꿈을 꾸는 사람이라도 시대와 문화, 환경에 따라서 필요로 하는 것이 달라질 수도 있기 때문에 가장 최신의 정보를 얻는 것이 중요하다.

도서 구입은 대부분 온라인 서점을 이용한다. 일 년에 한번, 온라인 서점에서 가입일 기준으로 회원마다 전체 회원 중 도서 구입을 얼마나 했는지 통계를 내는 서비스를 오픈한다. 그럴 때마다 나의 결과는 전체 회원을 기준으로 해 도서 구입 상위 1%이다. 금액으로 환산해도 자동차 한 대는 살 수 있는 금액이다. 신랑은 김민섭 작가님과 가끔 소통하는데, 작가님에게 한번은 이런 이야기를 했다고 한다.

"집 책장에 있는 책을 구입하지 않았다면 더 좋은 집으로 이사갈 수 있었겠죠?"

그러자 작가님은 이렇게 대답하셨다. "그랬다면, 지금의 두 부부가 있지 않았겠죠."

교보문고 광화문고점 입구에 적혀 있는 "사람은 책을 만들고, 책은 사람을 만든다"는 글귀처럼 책을 통해 얻는 것들은 사실 직접 느끼지 않으면 100% 공감할 수 없는 부분이기도 하다. 또한 많은 책을 읽고 귀인을 만나고 하는 간접 경험을 통한 자기계발도 좋지만 가능한 많은 직접 경험을 통해 자기계발의 진정한 즐거움을 깨달아보는 것은 어떨까.

강점을 찾아서

질문을 던져준 책   도널드 클리프턴·톰 래스 《위대한 나의 발견, 강점 혁명》
그 속에서 만난 질문   나의 강점은?

평소에 나는 나에 대해 생각하는 걸 좋아하는 편이다. 내가 어떤 사람인지를 알아가는 것은 지금 현재의 나를 객관적으로 볼 수 있도록 해주고 목표를 세우는 데에 도움이 되기도 한다. 또한 나를 더 믿게 되고 용기를 가지게 된다.

'대한민국 1% 청소년지도사'

청소년지도사로 근무하면서 가지고 있던 목표였다. 2018년 10월 기준, 청소년지도사가 5만 명 가까이 배출되었다. 1급부터 3급까지 포함된 인원이며 중복 취득을 감안하더라도 많은 숫자의 청소년 전문가가 배출된 것이다. 대학교를 졸업하면서 면접과 연수를 통해 2급을 취득했다. 1급을 취득하기 위해서는 현장 경력 3년과 자격시험 통과, 그리고 숙박연수의 과정을 거쳐야 했다. 2급 자격만 가지고 있어도 현장에서 근무하는 데에는 제약이 없었다. 그러나 만족할 수 없었다. 1급을 취득한다고 해서 승진을 하거나 급여가 향상되는 등에 보상이 있었던 것도 아니다. 시간이 지나자 경력은 쌓여갔고 '이왕이면 1급 청소년지도사인 게 좋지 않을까?'라는 생각에 시험 자격이 생기는 해부터 자격증을 준비했고, 시험 준비 기간을 길게 잡았다. 학창시절에도 노력하는 만큼 결과가 나왔기 때문에 투자할 수 있는 건 시간밖에 없었다. 타지에서 근무하고 있다는 점이 나에게 도움이 되었다. 퇴근 후 만날 친구도, 지인도 없었기 때문에 퇴근길에 커피 한 잔 사들고 집으로 들어가 바로 공부를 시작했다. 공부하는 기간에는 노트북도 시야에서 없앴다. 온라인 강의도, 교재도 따로 없었던 지라 전공 서적을 하나씩 체크하며 공부했다. 이렇게 나는 어제와 같은 오늘, 오늘과 같은 내일보다는 탁월함을 추구하던 탓에 기관에서 활동하는 청소년들을 만날 때도 그들이 가지고 있는 강점에 초점을 맞췄다. 강점은 신체적 행동과 능숙함이긴 하지만 어떤 재능인 것은 아니다.

마커스 버킹엄·도널드 클리프턴 《위대한 나의 발견, 강점 혁명》은 갤럽에서 모든 직종과 업무 분야에서 가장 뛰어난 200만 명을 인터뷰한 결과를 바탕으로 사람들이 가진 강점을 34가지로 정리한 책이다. 무려 200만 명을 인터뷰했다. 책을 구입하면 1회에 한해서 자신의 강점을 얻을 수 있는 ID가 주어진다. 강점을 알 수 있는 또 다른 방법은 〈스트렝스5 강점검사〉가 있다. 인간의 삶과 긍정적 특질에 관한 긍정심리학의 과학적 연구 결과를 반영한 검사이다. 〈스트렝스5

강점검사)를 처음 접했던 당시 나의 강점은 끈기, 열정, 탐구와 같이 호기심 많고 배우고자 하는 열정이 검사 결과에도 나타났었다.

객관적 검사 결과를 통한 자신의 강점을 알아내는 방법도 있지만, 이것만을 전적으로 믿어서는 안 된다. 검사라는 것은 검사 실시 환경에 영향을 받는다. 검사를 한 날 오전에 가장 가까운 가족과 싸웠거나, 검사를 끝내놓고 해야 되는 업무 때문에 검사에 집중할 수 없다거나 할 경우에는 같은 검사를 하더라도 판이하게 다른 결과가 나온다. 중·고등학생의 진로탐색유형검사나 성격유형검사 실시를 하고 해석을 하게 될 경우 나오는 말이 있다.

"선생님, 이거 하나도 안 맞는데요!"

마찬가지로 강점 파악도 검사뿐만 아니라 자기 스스로를 파악하는 활동도 하면 도움이 된다. 혼자서 하는 것이 어렵다면 같은 것을 고민하고 있는 사람과 함께 해도 좋다.

첫째, 지나온 경험에서 성과를 냈던 일을 찾아본다. 겉으로 표현되었거나 그렇지 않더라도 심적으로 만족감이 있었던 일도 좋다. 청소년 기관에서 근무하면서 '힘들다'라는 저절로 나오는 업무 중에 하나는 '청소년수련시설종합평가'였다. 전국에 있는 청소년 기관이 2년 내지 3년간의 실적을 평가받는다는 것은 평소에 얼마나 청소년을 사랑하고 이 일을 사랑했는지를 서류와 잠깐의 인터뷰로 평가되고 결과가 최우수부터 미흡까지 정리되어서 나오기 때문에 긴장을 할 수밖에 없었다. 평가를 위해 서류를 준비하고 정리하는 작업이 끝났을 때 성취감이 가장 컸다. 테이블 위에 정리정돈된 서류를 볼 때는 입으로는 어렵다, 힘들다고 말하면서 즐기고 있었다. 또한, 다음 해에 평가를 준비하게 만드는 원동력이었다.

둘째, '내가 이 일을 오랫동안 할 수 있는가?'라는 질문을 스스로에게 던져본다. 공부하라고 하면 10분에 한 번 자리에서 일어나는 초등학생이 게임을 하거나 자신이 좋아하는 놀이를 할 때는 옆에서 말을 걸어도 의식하지 못할 정도로 집중한다. 한 가지 일에 시간 가는 줄도 모르고 집중한다는 것, 그것은 일을 지속하게 만드는 힘이 된다.

셋째, 가까운 사람들에게 질문한다. 나는 내가 가장 잘 알지만, 주관인 시선보다는 객관적인 시선이 필요할 때도 있다. 핸드폰을 들어 메시지를 남겨보자.

'나는 어떤 사람인가요?'

교육학자 R. H. 리브스의 유명한 동물학교 우화가 있다. 동물들이 모여서 세운 학교가 있었다. 이곳은 수영, 달리기, 오르기, 날기가 필수 과목이다. 모든 동물들은 이 과목들을 반드시 이수해야만 했다. 오리는 수영에서는 1등이었지만 오르기와 달리기에서는 낙제했다. 그런데 낙제 과목을 잘할 수 있도록 노력하라는 선생님의 강요 때문에 오르기와 달리기에 몰두하다가 물갈퀴가 닳아버렸다. 이 바람에 수영마저도 제대로 못하게 되었다.

토끼는 달리기를 잘했다. 하지만 수영을 잘 못하는 바람에 보충수업 내내 물에서 시간을 보내다가 다리에 통증이 생겼다. 다람쥐는 오르기 과목은 잘했지만 날기 수업을 못해서 보충학습을 하던 중에 다리를 다쳤다.

한편 독수리는 아무리 선생님이 독촉해도 날기 수업 외에는 도통 열의를 보이지 않았기 때문에 문제라는 낙인이 찍혔다. 결국 자기 방식만 고집하다가 학사 경고까지 먹었다.

결국 최우수 졸업생은 뱀장어가 되었다. 수영, 달리기, 오르기, 날기에서 최고 높은 점수를 얻지는 못했지만 과락 점수 받은 과목이 없었기 때문이다.

이 우화는 청소년마다 가진 강점이 서로 다른데 강점을 발견해 발전시켜주는 대신 잘 못하는 것을 어느 정도로 잘 하게 하려고 애쓰다가 이미 가지고 있는 강점마저 살리지 못하는 학교현장을 빗대고 있다.

대다수의 사람들은 주어진 일에만 매달리며 자신의 재능을 썩히고 살아간다. 당신은 지금보다 더 나아지고 싶은가? 자기만의 강점을 찾고 싶은가? 그렇다면 다음의 몇 가지 방법이 자신의 강점을 찾아주는 좋은 지표가 될 것이다.

첫째, 보수, 시간 등이 충분하다면 무엇을 하고 싶은가이다. 흥미와도 연결되는 부분인데 이건 결국 내가 그것을 즐기고 있는지와도 연결이 된다.

둘째, 지금까지 해본 일 중에서 긍정적인 성과가 난 일을 적어보자. 여기서 긍정적인 성과는 개인과 타인의 요건이 둘 다 만족스러워야 한다.

마지막, 몰입해서 하는 경험이 있는가? 몰입은 무언가에 흠뻑 빠져 심취해 있는 무아지경의 상태이다. 몰입하는 분야는 강점이 된다.

자기 결정권

 질문을 던져준 책 공병호 《공병호의 소울메이트》
그 속에서 만난 질문 꿈에 대한 자기결정권에 대해 고민해보기

2019년 2월, 청소년 기관에서 활동하고 있는 대학생 6명을 대상으로 청소년 진로 코칭을 진행했다. 자신이 좋아하는 일을 적어보고 강점과 가치관에 대해 이야기를 나누다보면 공통적으로 나오는 이야기가 있다.

"좋아하는 일을 하면서 살고 싶어요."

그럼 난 질문을 한 아이에게 이렇게 질문한다.

"그래, 너가 좋아하는 일이 무엇인데?"

"잘 모르겠어요."

좋아하는 일은 하늘에서 뚝 떨어지지 않는다. 청소년들에게도 직업인으로서 사회생활을 하고 있는 성인에게도 이상적인 모습은 '좋아하는 일을 하면서 돈을 버는 것'인 것 같다.

우리에게 '옥동자'라는 캐릭터로 친숙한 개그맨 정종철. 그는 어

렸을 때부터 장래희망이 개그맨이었다. 돼지 저금통을 깨서 모은 돈으로 녹음기를 구입했고 자동차 소리, 기차 소리, 변기 물 내려가는 소리, 소리별로 다 녹음해서 계속 듣고 연습하고 또 연습했다. 식당에서 일을 하다 공채 개그맨 모집이 있을 때 지원을 했고, 개성 있는 캐릭터로 사람들의 사랑을 받았다. 그는 노력만이 기회를 잡을 수 있는 자격을 준다고 이야기했다. 개그맨 정종철은 한 TV 프로그램에서 "누구에게나 기회는 찾아옵니다. 마치 하늘에서 떨어지는 빗방울처럼 크고 작은 기회가 인생에 찾아옵니다. 그 빗방울을 담는 그릇은 노력이에요. 그 빗방울을 많이 모으는 사람이 성공할 확률이 높아진다는 거죠."라고 이야기했다.

내가 평소에 청소년들이나 대학생들을 대상으로 강의를 하게 되면 가장 신경 쓰는 부분이 '얼마나 집중시킬 수 있는가'이다. 강의 시작 10분도 되지 않았는데 파워포인트를 보는 눈의 힘이 없어지면 앞에 있는 청소년들의 집중도가 떨어졌음을 직감적으로 알 수 있다. 성공은 머리가 아니라 엉덩이에 의해 결정된다.

2014년 노벨물리학상을 받은 캘리포니아대 나카무라 슈지 교수는 지방 대학 출신이었고 그 사실이 크게 화제가 되었다. 그는 자신의 노벨상 수상 비결을 '엉덩이의 힘'이라고 이야기한다. 다른 사람들은 어렵다고, 힘들다고 기피하던 연구에 몰입과 집중했다. KBS의 한 시사 프로에서도 정준의 중앙대 신문방송대학원 겸임 교수는 "연구자에게 가장 중요한 능력은 엉덩이의 힘이고, 그 바탕이 체력."이라고 했다.

자기가 목표한 바를 이루기 위해 필요한 능력은 무엇일까? 머리가 타고나야 된다는 사람부터 인맥관리 등 여러 가지 답변이 나올 것 같다. 그보다 중요한 것은 바로 무서운 끈기와 집착력이지 않을까 싶다. 현재 쓰고 있는 책을 완성하는 것도 결국 엉덩이를 의자에 붙이고 있는 시간이 얼마나 되느냐이다. 앉아 있으면 글은 쓰게 되어 있고, 그 시간을 견디지 못하고 일어나면 완성하지 못할 것이다. 책을 쓰는 것만큼이나 엉덩이의 힘을 믿는 일이 또 하나 있다. 바로 논문이다. 논문을 써본 경험도 없고, 숫자에도 약하고, 모든 것들이 다른 사람들보다 부족할지 몰라도 포기하지 않고 꾸준히 해나가면 언젠가는 완성될 것이라고 믿는다. 어떤 분야이든지 비슷한 역량이나 조건이라면 결국 엉덩이가 무거운 사람이 해내는 것 같다.

2018년 11월, 퇴사를 한 지 일 년이 되는 시점. 둘째 아이를 키우면서 가끔 의뢰가 들어오는 강의를 하고 있었지만 직장을 그만두고 내가 하고 싶은 일만 하는 것이 쉬운 일이 아니라는 생각에 하루하루가 걱정이었다. 나에 대한 고민을 혼자하기보다는 비슷한 고민이 있는 사람들과 함께하고 싶어 외부 강의를 신청해 듣기 시작했다. 세 번째 시간쯤에는 나의 성공 경험을 통해 강점을 발견하는 시간이 있었다. 학창시절에, 또는 사회생활 중 경험했던 것들 중에서 내가 스스로 '잘했다'라고 생각했던 경험이 결국 성공 경험이었다. 글쓰기나 독후감을 작성해 학교에서 장려상, 우수상 등을 수상한 적이 많았던 학창시절과 어떤 교육을 한번 받고 나면 바로 강의할 수 있을 정도로 역량을 키워서 청소년 대상으로 강의를 진행하는 내 모습, 그리고 프로그램을 개발해 국가 또는 기관으로부터 공모사업을 제출하면 적은 예산이라도 1년에 한 건 이상은 선정되어 프로그램을 진행했던 직장인, 그게 바로 심현아였다.

완벽하지 않고 불완전한 존재인 인간이 가고자 하는 방향에 대한 불확실성과 두려움이 앞설 때 먼저 찾게 되는 존재가 롤모델 또는 멘토이다. 두 단어는 진로 분야에서 '진로 모델링'이라고도 하는데, 문제는 '이 사람이 과거에도, 현재도, 미래에도 본받을 만한 일만 한 사람일까?'이다. 말 그대로 아무리 도덕적이고 깨끗해 보이는 사람도 '사람'인지라 허술한 부분이 있거나 도덕적이지 않은 부분이 있을 수도 있기 때문이다. 죽을 때까지 본받을 일만 한 사람, 기록에 남길 가치가 있는 사람이 진로 모델링의 기준이 된다. 책을 읽다가 또는 업무를 하다가 가까운 사람을 직업적인 멘토로 삼게 되는 경우가 있다. 직업인으로서의 성과나 행동을 본받고자 하는 것이 아니라 인간적인 관계, 사적인 관계를 갖게 된 후 실망스러운 모습을 보이면 그 깊이는 걷잡을 수 없을 정도가 된다. 가까워지면 가까워질수록 그 사람의 뜨거운 민낯을 알게 되고 말 그대로 인간다운 모습이 간혹 좋지만은 않게 느껴진다. 100퍼센트 모든 것을 알려고 하기보다는 신비스러운 존재로 남기는 것이 가장 이상적이지 않을까?

"한국 청년들은 왜 서울대만 가려고 하는지 모르겠습니다. 서울대를 가면 20대 초반에는 분명 들떠 있겠지요. 그러나 40대가 되면요? 그때 회사에서 쫓겨나면 뭘 할 것입니까? 대안이 있습니까?" 로저스홀딩스의 세계적인 투자자 짐 로저스 회장이 강연에서 한 이야기이다. 몇 해 전까지만 해도 한국기업에 투자하던 그가 최근에는 하지 않고 있다. 그 이유는 '한국 청년들에게서 희망이 전혀 보이지 않는다'였다. 한국 청년들을 만나기 위해 선택한 곳이 고시학원이 많은 곳이었고, 그곳에서 만난 이들은 하나같이 '공무원 준비'를 하고 있었기 때문이다.

2월, 개학을 얼마 남기지 않은 시점이면 청소년 기관에는 주변 초·중·고등학교로부터 특별활동 연계 사업을 위한 문의가 온다. 학교 교사의 업무 중 하나인 특별활동을 직접 운영하기도 하지만, 지역 내 청소년 기관을 한번 활용하기 시작한 학교에서는 매년 의뢰가 왔다. 그 중에는 남자중학교도 있었다. 두 달에 한 번 꼴로 만나야 되는 연중 사업이고, 다른 강사를 연결하기보다는 청소년지도사인 직원들이 직접 기획해서 진행할 수 있는 프로그램으로 진행한다. 진로 프로그램이 강점인 나는 중학생 대상 진로 프로그램을 기획해서 제안했고 학교 선생님들은 만족스러워했다. 프로그램에 참여하는 학생들의 반응은 항상 시원찮다. 첫 회기 때면 "진로 프로그램을 왜 신청했어요?"라고 질문하는데 20명 중에 2명 즉, 10%만이 원해서 들어온 것이고 나머지 청소년들은 다른 수업을 신청했다가 그쪽이 너무 많은 인원이 몰려 가위바위보에서 탈락해서 이 강의를 선택한 경우가 많았다. 솔직하게 말하는 아이들을 이뻐해야 하는 건지 말아야 하는 건지 고민이었다.

철학자 존 스튜어트 밀에 의하면 "사람은 누구든지 자신의 삶을 자기 방식대로 살아가는 것이 바람직하다. 그 방식이 최선이어서가 아니라, 자기 방식대로 사는 길이기 때문에 바람직한 것이다."

인생은 끊임없는 선택의 연속이다. 선택의 결과가 모이고 모여서 지금의 나를 이루고 있다. 당장 오늘 점심으로 무엇을 먹을 것인가도 선택이다. 중요한 것은 '선택의 중심이 누구냐?'인 것이다. 선택의 중심이 나 자신이라면 후회가 적고, 흔들림이 없다. 갈등이 줄어든다. 그게 바로 진로에 있어서의 자기결정권이다. 자기결정권은 10대인 청소년에게도, 성인에게도 필요하다. 살아가는 동안 많은 장애물과 마주하게 될 것이다. 나의 꿈을 멸시하거나 비웃는 사람, 왜곡하는 사람, 온갖 훈계를 두는 사람들과 마주하다 보면 모든 걸 포기하고 주저앉고 싶은 순간이 생긴다. 그럼에도 불구하고 주어진 상황과 조건에 상관없이 꿈과 진로에 대한 자기결정권을 넘기지 않고 자기 길을 묵묵히 걷다보면 웃을 수 있는 날이 생길 것이다.

내려놓음

질문을 던져준 책 이지현《그림책이 있어서 다행이야》
그 속에서 만난 질문 나의 마음을 토닥여줬던 그림책은?

　아이와 하루 종일 붙어 있다 보면 책 한 장 넘기기가 쉽지 않은 게 엄마이다. 1월이 되었고 새해 계획 중 '독서'가 많을 듯해 흔히 '맘카페'라고 하는 지역 엄마들의 커뮤니티를 통해 온라인으로 활동할 독서모임 구성원을 모집했다. 같이 책을 읽자는 게시글에 꽤 많은 엄마들의 댓글이 달렸다. 혼자 하는 독서보다 서로를 지지하고 응원해주며 하는 독서이기 때문에 관심을 갖는 듯했다. 30개 가까이 달린 댓글을 모두 수용할 수가 없어서 그중에서 10명의 참가자를 추려 독서모임을 시작했다. 자칫하면 부담이 될 것 같아서 회비도, 규칙도 따로 정하지 않고 시작했으나 오히려 이 결정이 독이 되었다. 하루에 한 페이지도 읽기 어렵다며 대화창에서 나가는 엄마들이 생기기 시작한 것이다. 독서에 대한 동기부여를 하기도 전에 나가버리니 할 말이 없었다.

"오늘은 한 글자도 보지 못했네요. 내일 몰아서 읽고 꼭 인증 남길 게요."라는 대화가 매일 이어져 갔고 열흘 후에는 아무도 먼저 글을 남기지 않게 되었다. 온라인 독서모임의 참여하고자 했던 엄마들의 집에 책 한 권은 있었을 것이다. 아니면, 책장에 아이들의 책이라도 꽂혀 있을 것이다. 글이 많은 책이 부담스럽다면 그림책이라도 한 페이지 읽고 나의 이야기를 떠올리는 시간을 확보했다면 좋았을 테지만 아쉽게도 독서모임은 그렇게 종료되었다.

그림책은 흔히 아이들만 있는 책이라고 생각한다. 하지만 그림책에도 기쁨이 있고, 즐거움이 있고, 감동이 있다. 최근에는 그림책에 대한 관심도가 높아져 그림책 관련 교육들이 늘어나고 있다. 뿐만 아니라 하브루타 또는 질문독서에 대한 관심과 자녀 독서교육에 대한 욕구도 생기고 있다. 내 아이를 위한 교육은 당연하다고 생각하고, 고민하지 않지만 그림책을 활용한 엄마 마음 공부에 시간을 투자하는 것은 쉽게 시작하지 못한다.

시아오 메이시의 《거짓말 벌레》의 주인공 샤오펑은 수학시험을 앞두고 자신이 가장 좋아하는 슈퍼맨 만화를 보기 위해 수학 공부를 끝냈다는 거짓말을 한다. 샤오펑이 거짓말을 하자 입에서 거짓말 벌레가 튀어나와 물건들을 갉아 먹는다. 거짓말을 할 때마다 입에서 끊임없이 나오는 거짓말 벌레들로 샤오펑은 결국 진실을 부모님께 말하게 된다. 중학교 시절, 부모님은 동전이 생기면 저금통에 바로 넣었다. 우리 집 저금통은 생수통이었다. 눈에 보이는 곳에 커다란 저금통이 있다 보니 부모님뿐만 아니라 나와 동생들도 동전이 생길 때마다 저금통에 넣었다. 3년 정도 모으자 생수통 입구 언저리까지 동전이 차올랐다. 온가족이 둘러앉아 동전 크기별로 구분했다. 양손 가득 동전 냄새가 가득 배었다. 구분한 동전 중에 50%는 통장에 넣었고 50%는 삼남매의 버스비나 용돈으로 사용하기 위해 주방 싱크대에 봉지째 넣어놨다.

학교 가기 전 "엄마, 나 오늘 학교 준비물 사야 돼요. 3,500원 주세요."라고 이야기하면 엄마는 싱크대 안 검은 봉지에서 동전을 세어 주었다. 하루는 엄마가 준 용돈으로 간식과 사고 싶었던 잡지를 구입하고 나니 정작 사야 될 준비물을 살 돈이 없었다. 그때 제일 먼저 떠오른 건 싱크대 안 검은 봉지였다.

'어차피 동전이 많아서 내가 1,000원 쯤 가져 간다고 해서 티가 나지 않을 거야.'

부모님이 집에 안 계실 시간 검은 봉지 안에서 500원짜리 동전 2개를 꺼냈다. 처음 봉지 안 동전에 손을 댈 때는 가슴이 너무 뛰어서 그 소리가 귀에까지 들릴 것 같았지만 부모님이 모른다는 생각에 한 번이 두 번이 되고 두 번이 세 번이 되었다. 봉지 안 동전이 엄마가 생각했던 것보다 빨리 없어지자 결국 우리를 추궁하셨다.

앤서니 브라운의 《돼지책》의 표지에는 무표정한 엄마가 환하게 웃고 있는 아빠와 두 아이를 업고 있다. 매일 엄마에게 하는 말이라고는 "밥 줘요."이다. 엄마는 일어나서 침대를 정리하고 음식을 하고 남편과 두 아이를 내보낸 후 집을 마저 정리하고 일을 하러 간다. 집으로 저녁에 돌아오면 또 다시 식사를 준비하고 빨래를 한다. 반복되는 하루에 계속되는 '밥 달라'는 말. 엄마는 어느 날 "너희들은 돼지야."라는 말을 남기고 떠난다. 엄마가 나간 집은 돼지우리로 변한다. 집 하나 제대로 치우지 못한 채 돼지로 살아가던 아빠와 아이들 앞에 엄마가 다시 나타난다. 이때 나타난 엄마는 예전에 엄마가 아니다. 생기가 돌고 당당해 보인다. 집을 비운 사이에 엄마는 무엇을 했을까? 이 책을 읽고 꽤 많은 엄마들이 남편과 아이들을 떠올린다. 가족들이 집안일을 많이 도와주더라도 '엄마'라는 역할이 가지고 있는 책임감이 《돼지책》 내용의 공감하게 만드는 것 같다. 남편과 함께 읽어도 좋고, 집안일은 당연히 엄마가 하는 것이라고 여기고 있는 아이들과 함께 읽고 대화를 나누면 좋은 책이다.

누군가 나에게 자신 없는 것을 이야기해보라면 나는 숫자로 하는 일, 길 찾기, 기계 만지기, 그림 그리기를 이야기한다. 자신 없기는 하지만 끝까지 피할 수 없어서 시작한 일 중에 하나가 바로 운전이다. 사회생활 중 운전이 필요한 매순간마다 피했었다. 직원 중에 내가 아니어도 기관 전용차를 운전할 사람이 있었기 때문이다. 상사와 함께 연수라도 갈라하면 나는 보조석에 앉았고, 시청에 보고해야 할 문서가 있으면 동료와 함께 움직여야 했다. 기관 입장에서는 손해이다. 같은 시간에 직원이 2명이나 사무실을 비웠기 때문이다. 불편한 점이 한두 개가 아니다 보니 결국 면허증 취득을 더 이상 피할 수가 없었다.

　남자친구와 한겨울에 학원을 등록했다. 일주일에 3일, 출근 전 오전 7시에 집 앞에서 학원 버스를 기다렸다. 입에서 하얀 김이 나왔다. 손을 호호 불며 기다린 버스를 탑승하고 20분 정도 거리에 있는 학원에 다녔다. 내가 면허를 취득한 시기는 운전면허 시험이 물면허라고 불리기 전인 2011년도였다. 기관 전용차를 운전하기 위해서는 1종 면허가 필요했다. 필기는 한 번에 합격했지만 기능시험은 시동도 몇 번 꺼지고, 합격 점수에 턱없이 부족한 점수가 계속 나오니 학원 강사들이 왜 2종을 취득하지 않느냐 물었다. "사회복지 업무를 해서요."라고 대답하자 더 이상 묻지 않았다. 강사 입장에서는 답답했을 것이다. 2종으로 응시하면 한 번에 합격할 수도 있었다. 2종으로 변경하면 면허를 취득하려고 했던 이유가 의미가 없어졌기 때문에 포기할 수가 없었다.

　드디어 시험 날, 남자친구는 한 번에 합격을 했다. 나는 최종목적지에 도착하기도 전에 점수 부족으로 불합격을 했다. 속상하지는 않았다. 한 번에 합격할 것이라고 기대하지 않았기 때문이다. 다음날부터 남자친구는 도로연수를 나갔다. 같이 하던 연습을 혼자 하는 것이 싫었고, 하루빨리 이곳을 빨리 벗어나고 싶었다. 하지만 두 번째 기능시험마저 점수 부족으로 불합격을 했고 속상함을 넘어 자존심이 상했다. 기관에 돌아와서 동료들에게 할 말이 없었다. 웃으며 불합격 소식을 전했지만 속은 쓰렸다. 기능 시험은 결국 세 번째 시험에서 합격했다. 운전면허 1종 취득이 너무 간절했기 때문에 집으로 돌아와

버킷리스트에 '운전면허 1종 취득'이라고 작성했다.

　도로연수는 흥미로웠다. 눈길을 운전하는 날은 긴장되기도 했다. 연습 중 편의점에 잠깐 들러 따뜻한 커피를 마시는 것도 즐거웠다. 연습을 마치고 시험을 보는 날. 돈을 아끼기 위해 학원과 시험장을 별도로 한 것이 실수였다. 익숙하지 않은 길을 시험감독관을 옆에 두고 운전을 하다 보니 평소보다 두 배 정도 긴장했다. 시동을 걸고 운전을 시작했다. 출발한 지 얼마 지나지도 않았는데 실격. 좌회전하면서 내가 가야 되는 차선을 가지 않고 옆 차선으로 간 것이다. 사고 유발로 끝까지 주행하지도 못하고 실격했다. 두 번째 도로 주행 시험도 같은 이유로 실격을 했다. 시험장으로 돌아가 돈을 추가 지불하며 시험을 재등록을 하고 남자친구와 통화하며 펑펑 울었다. 집으로 돌아와 '운전면허 1종 취득'이라는 글자를 노트에 쓰고 또 썼다. 세 번째 시험을 보는 날 아침, 거울을 보고 외치고 집을 나섰다. "심현아는 운전면허를 취득한다! 취득한다!" 꿈은 간절하게 여기는 사람에게 답한다. 기능 시험 2번, 도로연수 2번 불합격 이후에야 드림리스트에 적혀 있는 '운전면허 1종 취득'을 달성할 수 있었다.

　맥스 루케이도의 《너는 특별하단다》는 내가 '나의 존재'에 대한 의심이 들 때마다 일부러 집어드는 책 중에 하나이다. 나무 인형들은 서로에게 별표와 점표를 붙여주며 하루를 보낸다. 별표는 재주가 뛰어나거나 색이 잘 칠해져 있는 나무인형에게, 나무결이 거칠거나 재주가 없는 나무인형에게는 잿빛 점표를 붙여준다. 서로가 서로를 평가하는 마을에서 별표도 없고 점표도 없는 나무인형. 다른 이들이 표를 붙이려고 해도 계속 떨어지는 이유는 바로 이 한마디 때문이다. "너는 특별하단다." 단지 나라는 이유만으로 특별하다. 리더십 강의를 나갈 때마다 참여 청소년들에게 긍정 예언을 가르쳐준다. "나는 내가 정말 좋다." 이 문장을 큰 소리로 이야기하며 박수를 하도록 하는데 간혹 문장을 "나는 내가 정말 싫다."로 바꿔서 이야기하는 학생도 있다. 사고뭉치, 장난꾸러기 타인의 평가로 인한 상처가 자기 긍정 한마디로 바뀔 수도 있는데 장난을 치는 아이의 모습이 속상했다.

그림책으로 내 마음을 돌아볼 수 있다. 같은 책을 읽고도 마음에 와 닿는 글귀가 다른 것처럼 같은 그림을 보고도 다른 이야기와 감정을 일으키는 것이 바로 그림책이다. 읽을 때마다 마음에 느껴지는 그대로를 인정하는 자세가 중요하다. 도서관도 좋고 아이 방에 있는 책장에 들어가 그림책 한 권을 뽑아서 읽기 시작해보자. 그림책의 힘을 느낄 수 있을 것이다.

행복하지 않을 이유가 없다

질문을 던져준 책　칩 히스·댄 히스 《스위치》

그 속에서 만난 질문　나의 감성적, 본능적 코끼리 그 위에 올라탄 나의 이성적인
기수 그리고 어디로 가야 할지를 나타내는 지도는 각 역할을
잘 하고 있나?

　　물리학자 스티븐 호킹은 손가락 3개밖에 움직이지 못했다. 그리
고 30년간 휠체어를 타고 살아왔고 말도 하지 못했다. 주변 사람들은
그가 어두컴컴한 공간에서 혼자 연구에 몰두하는 사람이라고 생각할
지도 모르지만 사실 그는 스스로의 즐거움을 찾아내는 데 일가견이
있었다. 그의 침실에는 매릴린 먼로의 대형 사진이 붙어있고, 007시
리즈를 좋아하며, 마이클 잭슨 등의 음악도 좋아한다. 그를 보살펴주
었던 간호사는 말했다.

　　"그가 스스로 즐거움을 찾아내지 못했다면 지금까지 살아 있기
힘들었을지도 모릅니다."

　　이렇게 행복은 타인이 아니라 스스로가 찾는 것이다.

　　사람은 늘 변화를 꿈꾼다. 다이어트, 새벽 기상처럼 개인적인 것
부터 환경에 대한 것까지……. 나 역시도 몇 년째 습관처럼 세우고

있는 목표가 몇 가지 있다. 출산 전 몸매로 돌아가기, 아침에 오전 5시에 일어나기, 야식 먹지 않기 등이다. 아침 시간을 확보해 운동을 하거나 자기계발을 위해 영어 공부, 독서를 하고 싶다는 마음은 있지만 정작 내 몸이 따라주지 않는다. "새벽에 아이가 자주 깨서 피곤한데."라는 말로 변명을 일삼는다. 출산 전 몸매로 돌아가서 구입해 놓은 원피스를 입고 싶지만 여러 해가 지나 유행에도 밀려버린 원피스는 결국 정리했다.

2018년 8월. 용인에 위치한 한 대학교에서 시간관리 강의를 했다. 오전에는 다른 지역에서 강의를 끝내고 2시간 30분을 운전해서 도착했다. 그 주 월요일부터 시작된 장마로 인해 강의 당일에도 아침부터 비가 많이 쏟아졌다. 비가 계속 내리자 강의 시간에 늦을까 걱정했다. 다행히 강의 시작 30분에 도착을 했고, 학과 사무실로 향했다. 강의를 총괄하는 교육업체로부터 미리 전달받은 설문지와 출석부를 들고 강의 시작 시간을 기다렸다. 대상은 건축학과 학생들이었다. 강의 전 전공 수업 시간이 있었고 시간관리 수업이 연달아 있던 터였다. 복도에서 보이지도 않는 창문 너머로 수업이 끝나기만을 기다렸다. 오후 4시 시작이었는데 전 수업이 4시 10분에 끝났다. 마음만 급해져 들어가자마자 다음 수업을 진행할 강사임을 밝힌 후, 학생들에게 출석표에 사인을 하도록 했다. 십 분 쉬는 시간 후, 수업을 시작했다. 출석부에 사인한 사람은 45명, 10분 쉬는 시간 종료 후 앉아 있는 학생은 30명. 열다섯 명 가까운 인원이 출석만 체크하고 수업에 참석하지 않은 것이다. 학생들 앞에서 당황한 티를 내지 않으려고 했다.

"수업 끝날 때쯤에 한 번 더 출석체크를 할 테니 미리 나간 사람 중에 친구 있으면 전화 좀 해줘요."

건축학과라 그런지 모두 남학생이었다. 강의 자료를 배포하고, 적은 인원 덕분에 실습 진행도 원활했다. 강의가 끝나고 미리 준비한 설문지를 나눠주었고 조교실로 제출하는 길에 앞쪽에 있던 몇 장을 읽어 보았는데 눈에 띄는 글귀가 있었다.

"시간 관리에 대한 뻔한 내용이었습니다."

자기계발서가 새로 출간되면 그 책을 읽고 사람들이 서평을 남긴다. "뻔한 내용이 있었습니다.", "다른 자기계발서에서 하는 이야기와 별 반 다르지 않습니다."라는 내용에 서평을 보고나면 작가가 아니어도 괜히 속상해진다. 중요한 것은 자기계발서를 읽고, 책의 내용을 행동하는 것이다. 아는 것과 행동하는 것은 다르다. 안다고 해서 모두 행동하는 것은 아니다. 학생들이 나의 시간관리 강의를 포함한 수많은 강의를 듣고 나서 행동을 옮겼을까?라는 의문이 들었다.

대학교 2학년 겨울방학, 평생교육사 자격증 취득을 위한 현장실습 기간 3주는 '청소년지도사'라는 직업을 향한 의지를 강하게 해준 시기였다. 실습은 슈퍼바이저의 교육 철학에 맞춰서 진행되었다. 단순히 시간 채우기가 아니었다. 청소년 축제를 진행하고, 프로그램을 기획 후 실습담당자의 피드백을 받는 등 이론 중심 학교 수업에서는 배울 수 없는 것들을 익혔다. 졸업을 얼마 앞둔 시점, 졸업 후 바로 청소년수련관에 입사를 할 수 있을 것이라는 기대는 쉽게 무너져버렸다. 우선, 집 근처에 청소년 기관이 존재하지 않았다. 청소년지도사 구인 공고가 올라오는 지역은 집에서 버스로 기본 한 시간은 걸리는 곳이었다. 청소년지도사 말고 다른 직업은 생각해보지 않았기 때문에 고민할 필요가 없었다. 또한 4년 동안 배운 시간과 돈이 머릿속에 스쳐 지나갔다.

《스위치》에서는 사람마다 감성적이고 본능적 코끼리와 그 위에 올라탄 이성적인 기수 그리고 어디로 가야 할지를 나타내는 지도가 존재한다고 했다. 기수에게는 방향을 제시하고, 코끼리에게는 동기를 부여하며, 지도를 구체화하면 행동을 설계하고 변화를 꾀할 수 있다. 10년 가까이 청소년지도사로 있을 때는 나의 기수가 큰 역할을 했었다. 청소년지도사의 비전을 믿으며 자격증을 취득하고 교육을 받다보면 언젠가는 승진할 수 있을 것이라고 생각했다. 그렇지만 비전과 희망이 툭 끊어진 상황에서는 기수는 자신의 역할을 더 이상 하지 않았고, 본능적인 코끼리만이 나에게 남았었다.

3월, 세 살이 된 둘째는 어린이집을 옮겼다. 다니던 어린이집을 적응하는 데까지 한 달 이상 걸린 둘째였지만 '조금 컸으니 금방 적응하지 않을까?' 하는 생각에 첫째와 함께 어린이집 차량을 태워 보내놓고 나니 오전 9시도 안 된 시간. 적응 기간이 아직 끝나지 않은 터라 3시간 후에는 아이를 데리러가야 되니 나에게 주어진 시간은 단세 시간이다. 집안일과 빨래를 할 것인지, 아니면 책을 쓰거나 독서를 할 것인지 잠깐 고민하다가 세면대에 잔뜩 쌓인 오전 식사 설거지거리가 눈에 밟혀서 설거지 먼저 끝내놓고 컴퓨터 앞에 앉았다. 매일글을 쓰다 보면 소재가 생각날 때도, 그렇지 않을 때도 있다. 제목을적어놓고도 깜빡이는 커서만 눈으로 같이 깜빡깜빡하면서 쳐다보고만 있을 때가 많다. 아이가 없는 세 시간 동안 최대한 집중해서 글을쓰고자 하지만 머릿속에서는 딴생각뿐이다. 결국 책 한 권을 들고 근처 카페로 갔다. 책을 읽다 보니, 정작 '글 써야지'라고 뇌가 집중할때는 떠오르지 않았던 소재가 책을 읽는 동안에는 머릿속에 가득 채워진다. 재빠르게 핸드폰 메모장을 열고 단어 중심으로 기록했다. 변화된 장소가 나에게 자극이 되었다.

내 아이에게 "책을 읽어라."라고 백날 이야기해봤자 소용없다."오늘은 저녁 먹고 책 3권을 같이 읽자."라며 구체적으로 이야기해야한다. 많은 사람들이기 학생들의 공부를 하고 꿈을 가져야 하는 이유에 대해서 설명할 때는 흔히 "다 네가 잘 되라고 하는 이야기야." 또는 "너 위해서 하는 말이야."라고 한다. 듣는 사람도 안다. 왜 공부를해야 하는지, 그리고 왜 책을 읽고 행동해야 하는지 말이다. 사람의행동을 바꾸기 위해서는 바꾸기 원하는 행동의 원인이나 문제에 대해서 따지고 들기보다는 방법을 이야기해줘야 한다. "사람 고쳐 쓰는것 아니다."라는 말이 있을 정도로 사람이 바뀌기는 쉽지 않다. 지금보다 더 나아지고 싶고 현재의 삶이 바뀌어야 된다고 생각한다면 움직여야 한다. 의식적으로 꾸준히 그리고 전략적으로 말이다.

평소에 어떤 표정을 짓고 사는지, 어떤 단어를 주로 사용하는지 보면 사람에 대해 쉽게 알 수 있다. 보기만 해도 기분이 좋아지는 사람은 다른 사람들 앞에서 기분 좋은 얼굴빛을 보여주기 위해 노력하는 사람이다. 책은 나의 얼굴이 된다. 나의 모습이 된다. 내가 들고 있는 책이 나를 뜻한다는 의미는 아니다. "책을 많이 읽어야 합니다!"라는 뻔한 말보다는 어떤 질문을 통해 책을 읽는지 초점을 맞추고 싶다.

책을 읽으며 밑줄을 긋는다면 내가 왜 이 문장에 줄을 그었을까? 이 문장을 통해 내가 얻고 싶은 것이 무엇이지?

내가 공감하는 곳에 긋는 밑줄은 의미가 없다. 잘 몰랐던 부분, 그래서 많이 생각하고 고민해야 되는 부분에 질문을 그어야 한다. 질문이 곧 책을 읽어야 되는 이유이다. 책을 통해 만났던 나의 경험들은 결국 나의 질문에 대한 답이다. 책을 쓴 저자를 만나는 일도 중요하지만 나 스스로를 만나는 작업은 결국 책을 읽어야 되는 이유이다. 한 권의 책이 사람을 완전히 바뀌게 되는 동기가 되지는 않는다. 종종, 한 권의 책을 통해 인생 전체를 변화하게 되었다는 사람도 있는데, 그 이유는 책을 읽는 과정에서 수없이 고민하고, 질문하고, 사색했기 때문이지 않을까 싶다. 책의 문장을 통해 울림의 시간을 갖는 독자를 응원한다.

마치는 글

다독가나 독서법을 주제로 글을 쓴 작가들의 책을 읽어보면 특별한 계기나 사연으로 인해 독서를 시작하는 경우가 많다. 평범한 일상이든, 힘든 시기를 겪었든, 섬광처럼 순간적으로 독서가 강렬하게 인생의 들어오는 경험. 나에게는 독서를 좋아하게 된 계기가 불분명하다. 주 7일, 습관처럼 책을 읽고 있기 때문에 "취미가 무엇인가요?"라는 질문에 자신 있게 '독서'라고 쓸 수는 있지만 말이다. 아무리 생각해보아도 그런 경험이 없어서 독서와 관련된 책을 쓰는 내내 스스로에게 묻지 않을 수 없었다.

'나는 언제부터 독서를 좋아하게 된 거지?'

10대 시절 독서는 흥미 위주였다. 추리소설, 만화책 등을 선호했다. 18살 겨울방학, 교통사고로 거동이 불편하셨던 외할머니 병간호가 어머니와 이모들이 여의치 않아서 학생이었던 내가 도맡게 되었다. 병원에서의 생활은 무료했다. 병원 앞에 만화책 방이 있었고,《명탐정 코난》을 모두 대여해서 보호자 침상에서 읽었다.

20대 이후의 독서는 '잘하고 싶다'라는 생각이 드는 주제에 맞는 책을 읽었다. 사회생활 초기에는 당장 눈앞에 놓인 업무를 잘 하기 위한 방법을 알기 위해 책을 구입했다. 뿐만 아니라 앞으로 어떤 직업인이 되어야 하는지도 책에서 찾았다. 사회생활 5년차에는 직업인을 넘어서 자기 스스로를 고용해 경영하는 1인 기업에 대한 관심을 두었다. 아이를 출산하고 나서는 '좋은 엄마'가 되기 위한 책을 구입해서 읽었다. 지금까지 읽었던 책 목록을 살펴보면 매해 책을 읽을 때의 심리 상태를 알 수 있다. 여전히 관심이 가는 주제가 생기면 읽든 읽지 않든 책을 구입해서 욕구를 충족시킨다.

'내가 누군가에게 독서 경험을 나눌 만한 사람인가?'

초등학생 때는 이불을 덮고 벽에 책을 대고 잠들기 전까지 책을 읽다 자던 나름 독서광이었다. 어쩌다 책을 좋아하게 되었는지 어렸을 적 경험에서 찾아보았다.

첫 번째는 책 자체에 대한 욕심이다. 글을 쓰고 있는 장소인 서재 책상에 양 옆에는 빼곡하게 책이 꽂혀 있다. 읽은 책과 아직 손도 대지 못한 책까지 600권 가까이 된다. 학창시절 소풍이나 운동회 날 받는 용돈은 책 구입비용이었다. 사회생활 시작하고 나의 힘으로 돈을 벌기 시작한 이후에는 월급의 10%는 항상 자기계발 비용으로 계획해두고 책을 구입했다. 점점 쌓이는 책들을 보면서 흐뭇하다. 제때 읽지도 못해서 손길을 기다리는 책이 가득한데 온라인 서점에 접속해 또다시 장바구니에 책을 채워 넣는다.

두 번째는 현실을 피할 수 있는 핑곗거리가 독서였다. 사춘기였던 10대, 맞벌이하시는 부모님을 대신해 집안일을 해야 되는 일이 자주 있었다. 명절 연휴 온가족이 시골로 내려가면 하루 먹을 음식뿐만 아니라 두고두고 며칠은 쌓아놓고 먹을 수 있는 양의 음식을 해야 했다. 당장 먹을 음식도, 내가 좋아하지도 않는 음식을 진득하게 앉아서 해야 하는 것 자체가 싫었다. 유일하게 집안일이나 명절 음식을 하는 시간을 피할 수 있는 핑계가 바로 '공부' 또는 '독서'였다.

세 번째는 초등학교 1학년, 백과사전으로 공부하고 시험에서 좋은 점수를 받았던 경험이 긍정적인 영향을 미쳤다. 학교 시험이 있는데, 무엇을 공부해야 될지도 모르겠고 어떤 내용이 시험으로 출제될 지도 몰라서 집에 있던 두꺼운 백과사전을 읽고 시험을 보았다. 물론 사전에 나왔던 내용이 시험에 나올 일은 없었다.

마지막은 어렸을 적, 책상에 꽂혀 있던 전집에 자연스레 손이 갔다. 그림 한 점 그려져 있지 않고 글씨만 빼곡하게 적혀 있는 위인전과 소설책에 처음에는 손이 가지 않았다. 누가 선물해줬는지, 부모님이 구입했는지 생각조차 나지 않지만 종이 냄새 풀풀 나는 조그마한 책들이 빼곡하게 있던 책장. 심심해서 읽기 시작한 책이 습관이 되었다.

오히려 독서를 처음 시작하게 된 계기보다는 독서를 지속하게 된 계기는 확실하다. 책을 읽으면서 글을 쓰는 능력이 향상되었다. 10년간 청소년지도사로 근무하면서 계획서, 보고서, 그리고 홍보를 위한 기사 작성까지 글쓰기는 직업에서 떼어낼 수 없는 업무였다. 책을 읽는 인풋은 글쓰기라는 아웃풋이 되어서 글쓰기 능력을 향상시키는 데에 도움이 되었다. 글쓰기뿐만 아니라 대화할 때도 도움이 되었다. 내가 가지고 있는 정보와 지식, 경험은 한계가 있기 때문에 책을 통해 접한 것들을 나눌 수 있었다.

2009년부터 엑셀파일로 정리해놓았던 읽은 책 목록은 독서를 계속하게 만드는 강화물이었다. 내가 읽은 책이 바로 내가 되다보니 청소년들을 대상으로 강의를 할 때도 사례로 활용했다. 독서의 중요성을 이야기해야 하는데 정작 내가 책을 읽지 않으면 안 되다 보니 독서를 하는 시간이 자연스레 많아졌다.

2017년 가을 바람이 살살 불던 10월에 둘째 출산휴가를 시작했다. 그즈음 만삭에 몸으로 이사를 했고, 주변에 지인이라고는 친정엄마뿐이었다. 초등학교, 중학교, 고등학교를 졸업한 곳이지만 연락할 친구 하나 없는 곳에서 의지할 수 있는 것은 '책'뿐이었다. 11월, 둘째가 태어났다. 산후조리원에서 2주 동안 지내기로 했다. 내 아이를 안전하게 케어해줄 수 있는 공간에서 식사 시간과 아이를 보러 가는 시간을 제외하고는 책을 읽었다. 조리원을 나와 집으로 돌아가면 오롯이 아이에게 집중해야 되는 것을 알았기 때문이다. 아이와 생활하는 나날들은 책은커녕 세수도 제대로 할 시간도 없는 하루하루였다. 아이의 낮잠을 재우기 위해 아기띠로 아이를 안고서도 식탁 의자 끄트머리에 앉아 책을 읽었다. 조용한 집안에서 아이의 숨소리에 귀를 기울이며 한 글자 한 글자 읽어 내려갔다. 아이가 잠들면 옆에서 조명등에 의지하며 책을 읽었다. 책은 나뿐만 아니라 누구에게나 그런 존재가 될 것이다. 책과 함께 수면 위로 올라오는 과거의 나. 독서는 결국 나를 찾아가는 과정에서 없어서는 존재이다.